타임머신

타임머신

초판	2002년 5월 2일
재판	2007년 11월 21일
3판 1쇄	2009년 3월 9일
3판 2쇄	2012년 8월 17일

지은이	허버트 조지 웰즈
옮긴이	심재관
북디자인	강수진 조희정
발행	(주)엔북

(주) 엔북

http://www.nbook.seoul.kr
우) 121-829 서울 마포구 상수동 341-9 보림빌딩 B동 4층
신고 제300-2003-161
전화 02-334-6721~2 팩스 02-6910-0410
메일 goodbook@nbook.seoul.kr

ISBN 978-89-89683-49-0 03840
값 7500원

이 책의 한국어판 저작권은 (주)엔북이 소유합니다. 저작권법에 의하여
한국내에서 보호를 받는 저작물이므로 무단전재와 복제를 금합니다.

THE TIME MACHINE
by Herbert George Wells

Copyright © 2012 N Book Company.
All rights reserved including the rights of reproduction
in whole or part in any form. Printed in KOREA

THE TIME MACHINE
타임머신

H.G. 웰즈 지음 | 심재관 옮김

R Book

차례

'시간 여행자'는 이해하기 어려운 문제를 우리에게 설명하고 있었다.   *1*   01:00:07

그 당시 우리 중 어느 누구도 타임머신을 믿지 않았던 것 같다.   *2*   02:00:25

타임머신은 지금도 그 자리에 있지만, 실은 시간 여행으로 좀 낡은 기계가 되고 말았다.   *3*   03:00:36

우리는 서로 얼굴을 마주보며 서 있었다. 미래의 연약한 모습의 존재와 내가 그렇게 대면을 하게 된 것이다.   *4*   04:00:46

내가 얼마나 놀랐는지 상상할 수 있는 사람이 있을까? 있을 리가 없다. 타임머신이 사라져 버린 것이다!   *5*   05:00:64

내가 새로 발견한 단서를 근거로 어떤 행동을 취하기 시작한 것은 그로부터 이틀이 지나고서였다.   *6*   06:00:92

틀림없이 이곳을 빠져나갈 수 있으리라는 희망을 잃지 않고 있었다. 그러나 이번에 새로 알아낸 일들로 인해 그 희망은 흔들리기 시작했다.   *7*   07:01:02

08:01:13 **8** 그 건물은 사람이 살지 않는 폐허였다.

09:01:24 **9** 밤이 되기 전에 지난번 걸음을 멈추게 했던 그 숲을
반드시 빠져나가야 한다고 결심했다.

10:01:35 **10** 그 모두가 지난번과 하나도 다르지 않고 똑같았다.

11:01:40 **11** 간신히 계기반을 살펴본 나는 깜짝 놀랐다.
잘못된 곳으로 가고 있었던 것이다.

12:01:49 **12** 타임머신은 사라져 버렸다. 먼지만이 가라앉고 있을 뿐
타임머신이 있던 자리는 텅 비어 있었다.

00:01:59 **에필로그**

- 본문 중 단어의 위에 붙은 「*」는 독자의 이해를 돕기 위한 번역자 주석 표시입니다.
- 동식물명 등, 본문에 실린 일부 단어의 이해를 돕기 위한 자료를 본사 홈페이지 (www.nbook.seoul.kr/view.html)에서 보실 수 있습니다.

1

　　　　　시간 여행자(편의상 그를 '시간 여행자'란 명칭으로 부르도록 하자)는 이해하기 어려운 문제를 우리에게 설명하고 있었다. 회색 빛깔의 두 눈은 반짝거리며 빛을 냈고, 평소에 창백하던 얼굴은 붉게 상기되어 생동감이 넘쳤다. 난롯불은 환한 빛을 발하면서 타고 있었다. 은으로 만든 백합 모양 촛대에서 빛나는 촛불은 부드러운 빛으로 생겼다가는 이내 꺼져가는 유리잔 속의 기포를 잡아냈다.

　우리가 앉아 있는 의자는 그가 특허를 얻은 발명품으로, 단순히 걸터앉는 것이 아니라 앉는 이를 감싸 안고 어르는 듯한 편안함을 주는 의자였다. 저녁 식사 후에 느끼는 그런 느긋함과 안락함이 가득한 분위기였다. 이럴 때면 경직된 사고의 틀을 벗어나 생각이 술술 풀려나가는 법이다.

그는 핵심을 말할 때는 가느다란 검지를 펴가며 설명을 해 나갔고 우리는 느긋하게 앉아서 새로운 역설(우리는 역설이라고 생각했다)에 대한 그의 진지함에, 또 지나친 상상력에 감탄하고 있었다.

"내가 말하는 걸 찬찬히 들어보게나. 사람들이 일반적으로 받아들이고 있는 몇 가지 개념을 이제부터 논박할 테니 말일세. 먼저 우리가 학교에서 배운 기하학의 경우인데, 이 기하학은 애초부터 잘못된 관념에 기초해 있는 것이네."

"이거 처음부터 너무 거창한 얘기를 하는 거 아닌가?"

필비가 말했다. 그는 빨간 머리에 논쟁을 좋아하는 사람이었다.

"합당한 근거도 없이 내가 주장하는 바를 무조건 받아들이라는 얘기는 아닐세. 자네들이 곧 모든 걸 수긍할 수 있도록 해 보이겠네. 수학적 직선, 즉 두께가 0인 직선은 사실상 존재하지 않음을 자네들도 잘 알고 있지? 수학적 평면도 마찬가지지만, 그것들은 그저 단순히 추상적 대상물일 따름이지 않은가."

"그야 그렇지!"

심리학자의 말이었다.

"길이와 폭과 두께만을 갖고 있는 입방체도 마찬가지로 사실은 존재하지 않는 것이라네."

"그건 그렇지가 않지!"

필비가 끼어들었다.

"분명 3차원 입체물은 존재하네. 모든 사물은……."

"대부분의 사람들은 그렇게 생각하지. 하지만 시간의 경과 없이 순간적으로만 존재하는 입방체가 있을 수 있겠나?"

"무슨 말을 하는지 모르겠군."

필비가 대꾸했다.

"일정 기간 동안이나마 존재하지 않는다면 입방체가 어떻게 실재할 수 있겠는가, 이 말일세!"

필비는 생각에 잠겼고, 시간 여행자의 말은 계속되었다.

"분명, 실재하는 물체는 네 가지 방향으로의 연장성을 지니고 있어야 하네. 즉 길이, 폭, 두께, 그리고 지속 기간일세. 하지만 우리가 갖고 있는 이 육체의 태생적 결함으로 인해 — 그 결함이 어떤 것인지는 조금 뒤에 설명하겠네 — 이 사실을 보통 간과하고 있네. 실제로 네 개의 차원이 있는데, 우리는 그 중 세 개를 공간이라고 하고 나머지 하나는 시간이라 일컫고 있지. 하지만 사람들은 앞의 세 가지 차원과 나머지 차원 사이에 존재하지 않는 구분선을 그어 놓는 경향이 있네. 그건 우리 의식이 삶의 시작에서부터 종말로 이어지는 시간의 축을 따라 한쪽 방향으로만 간헐적으로 움직여 나가기 때문일세."

"아주 명확한 설명이군요."

아주 젊은 청년이 시가에 불을 댕기려고 램프 쪽에 몸을 숙이며 말했다.

"자, 이 사실을 대부분의 사람들이 간과하고 있다는 것이야말로 주목할 만한 점이네."

말을 이어가는 시간 여행자의 표정에는 이제 쾌활함까지 희미하게 배어 나오고 있었다.

"이것이 네 번째 차원이 의미하는 바네. 일부 사람들이 시간을 네 번째 차원으로 이야기하고 있긴 하지만 그 의미를 제대로 파악하고서 그렇게 말하는 건 아니라네. 그저 시간을 다른 관점에서 바라보고 있을 따름이지. 그러나 시간과 나머지 세 개의 차원 간에는 사실 아무 차이가 없네. 단지 우리의 의식이 시간 차원을 따라 움직인다는 점만이 다를 따름일세. 그러나 어리석게도 사람들 중에는 여기에 대해 아직도 잘못된 생각을 견지하고 있네. 사람들이 시간에 대해 어떤 얘기를 하는지 다들 들어 본 적이 있을 테지?"

"난 들어 본 바가 없네만."

시장이 대꾸했다.

"간단히 말하면 이렇다네. 공간이란 수학자들이 생각하듯 세 개의 차원 — 즉 길이 · 폭 · 두께로 되어 있으며, 서로 직교차하는 세 개의 축에 의해 결정되는 것이란 주장이지. 하지만 철학자 중 일부는 3차원에만 생각이 머무르는 것에 대해 의문을 제기해 왔네. 세 개의 축에 모두 직교하는 또 다른 축을 상정해

볼 수 있다는 얘기지. 또한 거기에 머물지 않고 4차원 기하학을 구성해 내려고 애쓰고 있기도 하네. 한 달 전쯤에 사이먼 뉴컴* 교수란 분이 뉴욕 수학학회에서 이 문제에 대해 강연을 했네. 자네들도 잘 알다시피 2차원 평면 위에 3차원 입체 도형을 그려 넣을 수 있는 방법이 있지 않은가? 이와 마찬가지로 3차원 모델을 통해 4차원 도형을 그려볼 수 있다는 생각이지. 사물의 모습을 제대로 바라볼 수 있는 능력을 키우기만 한다면 말일세. 알겠나?"

"알 것 같군."

시장이 중얼거렸다. 그리고 이내 이마에 주름을 잔뜩 그리면서 깊은 생각에 빠져들었다. 입술은 마치 주문을 외우는 듯 움찔거렸다. 잠시 후, 얼굴이 갑자기 밝아지며 말했다.

"그래! 이제 알겠어."

"한동안 난 4차원 기하학을 공부해 왔네. 거기엔 희한한 것들이 많지. 예를 들어 어떤 남자의 초상화를 보면 8세 때 그림, 15세 때 그림, 17세, 23세, 이런 식으로 그림이 쭉 이어지지. 이건 이미 고정되어 바꿀 수 없는 4차원 존재에 대한 3차원의 단면들이라네. 3차원 그림들이 합쳐져 4차원 대상물을 표현해 주고 있는 거지."

자기 말을 충분히 소화할 수 있도록 생각할 여유를 잠시 주

---

*캐나다 태생의 미국 수학자

고 난 다음 시간 여행자는 다시 말을 이어갔다.

"과학에 종사하는 사람들은 시간이 그저 공간의 한 종류에 속한다는 사실을 잘 알고 있지. 여기 우리가 자주 보는 과학적 도표가 있네. 날씨를 기록한 표지. 손가락으로 지금 짚어가고 있는 이 선은 온도계의 움직임을 기록한 선이네. 어제 낮에는 이렇게 높았다가 밤에는 뚝 떨어졌지. 그리고 오늘 아침에 다시 올랐고 지금은 여기까지 올라가 있네. 하지만 온도계 안의 수은이 이 직선을 따라 우리의 주된 인식 대상인 3차원 공간 안에서 움직인 건 아니지 않은가? 그러나 이 선을 따라 수은이 움직인 건 분명한 사실이고, 따라서 우리는 수은이 '시간 차원'을 따라 움직였다고 말할 수밖에 없는 것이네."

"하지만 말이야."

타오르는 석탄을 뚫어지게 바라보며 의사는 말했다.

"시간이 단지 공간의 네 번째 차원이라면, 왜 지금껏 여타의 것들과는 다른 것으로 여겨져 온 거지? 그리고 다른 차원 쪽으로는 이동이 가능한데, 유독 시간 차원 쪽으로는 자유로이 움직일 수 없는 건 왜지?"

시간 여행자는 미소를 지었다.

"정말 3차원 공간 안에서는 자유롭게 움직일 수 있을까? 오른쪽과 왼쪽 또 뒤쪽과 앞쪽으로는 충분히 자유롭게 움직일 수 있네. 사람들은 항시 그런 식으로 움직이지. 2차원 상에서는 자유롭게 움직일 수 있다는 점에는 동의하네. 하지만 위쪽과 아래쪽 방향으로는 어떤가? 중력이 우리를 옭아매고 있지 않은가?"

"반드시 그런 건 아니지. 기구氣球를 보게나."

의사가 대꾸했다.

"하지만 기구가 발명되기 전에는 위로 조금 뛰어 오를 수 있다거나 높낮이가 일정하지 않은 지표를 따라 위아래로 약간 움직일 수 있다는 점을 제외한다면 사람들은 수직 방향으로는 전혀 자유롭게 움직일 수 없었네."

"그래도 조금이나마 위 아래로 움직일 순 있었지 않은가?"

의사의 말이었다.

"아래로 내려가는 것이 위로 올라가는 것보다 훨씬 쉽지."

"그렇지만 시간 방향으로는 전혀 움직일 수 없지. 현재라는 시간으로부터는 아무도 벗어날 수 없어."

"여보게, 바로 그 점이 틀린 생각이라네. 바로 거기에서 모든 이들이 잘못된 생각을 하고 있다는 거지. 우리는 항상 현재라는 시각으로부터 벗어나고 있는 걸세. 비물질적이며 형체가 없는 우리의 의식은 일정한 속도로 시간 차원의 축을 따라 요람에서 무덤까지 부단히 움직이고 있는 거네. 마치 우리가 지표 위 50마일* 지점에서 태어난다면 밑으로 떨어져 내릴 수밖에 없는 것과 마찬가지라고 할 수 있지."

---

*약 80킬로미터

"하지만 가장 큰 난점은 공간에서는 어느 방향으로나 움직일 수 있지만 시간은 그렇지 못하다는 점이야."

심리학자의 반박이었다.

"바로 그 점에 대해 의문을 제기하다가 위대한 발견을 하게 되었다네. 시간을 타고 움직여 나아갈 수 없다는 말은 잘못된 것일세. 예를 들어보겠네. 만일 과거의 사건을 정말로 생생하게 머리에 떠올리게 되면 바로 그 일이 일어난 순간으로 옮겨 가게 되는 걸세. 골똘히 생각에 잠겨 있는 순간만큼은 주위에 대한 것을 모두 잊고 잠시나마 예전으로 옮겨가는 것이지. 물론 언제든 원하는 시간만큼 과거에 머무를 수 있는 방법은 없네. 야만인이나 동물이 지표로부터 6피트* 높이 위에 계속 머물 수 없는 것과 마찬가지일세. 하지만 우리 문명인은 공중에 머물 수 있다는 점에서 이들보다는 훨씬 낫지. 기구를 타면 중력을 이기고 위로 올라 갈 수 있으니 말일세. 자, 그렇다면 언젠가는 시간 차원 쪽으로의 움직임을 멈추게 하거나 가속화할 수 있고, 또는 방향을 달리해 거꾸로 흘러갈 수도 있게 되리라고 기대하지 못할 이유가 있겠는가?"

"이건 정말 말이, 말이……."

필비가 더듬거렸다.

"왜 말이 안 된다는 건가?"

---

*약 180센티미터

시간 여행자가 말했다.

"이치에 맞지 않는다는 말일세."

"어떤 이치 말인가?"

"검은 것이 하얗다고 논증해 보일 수는 있을지 몰라도, 이건으로는 결코 날 확신시키지 못할 걸세."

필비가 고집스레 말했다.

"아마 그렇겠지. 하지만 내가 왜 4차원 기하학을 공부해 왔는가를 이제는 알게 되었을 걸세. 오래 전에 어떤 기계를 만들어 봐야겠다는 생각이 들었네. 그 기계란……."

"시간 여행을 할 수 있는 기계란 말씀이군요!"

젊은 청년이 외쳤다.

"공간과 시간, 어느 방향이든 마음먹은 대로 이동할 수 있는 기계라네."

시간 여행자의 말에 필비는 어이없다는 듯 웃음을 터뜨렸다.

"거기에 대한 실험적 증거도 확보하고 있다네."

시간 여행자가 대답했다.

"그렇다면 역사가들한테 매우 편리하겠군. 예컨대 헤이스팅스 전투*시대로 거슬러가 그때의 기록이 정확한지 확인해 볼 수도 있을 테고."

심리학자의 말이었다.

---

*1066년 잉글랜드의 헤럴드 2세가 노르망디 공작 윌리엄에게 패배한 전투

"사람들 눈총이 따갑겠군. 우리 조상들은 시대를 앞서가는 사람에 대해서는 그다지 관대하지 않았으니까."

의사가 말했다.

"호메로스와 플라톤에게서 직접 그리스어를 배울 수도 있겠군요."

청년의 생각이었다.

"그 사람들에게 배워 가지고는 대학 졸업 예비 시험이나 겨우 통과할 수 있을 걸. 사실 현재와 같은 형태의 그리스어는 독일 학자들에 의해 발달된 거니까."

"미래로 갈 수도 있겠군요. 이런 건 어떻습니까? 전 재산을 지금 투자하는 겁니다. 이자가 붙게 해 놓은 다음 미래로 가서 돈을 찾는 거죠."

청년이 말했다.

"철저한 공산주의 원칙을 따라 세워진 사회를 발견할 수도 있겠지."

내가 말했다.

"모두 다 황당한 얘기야!"

심리학자가 소리쳤다.

"그래, 나도 황당하다고 생각했네. 그래서 지금까지 아무 얘기도 하지 않았던……."

"실험적 증거가 있다고 했잖나! 그럼 그 말들이 가능하다는 걸 증명해 보이겠다는 말 아닌가?"

내가 소리쳤다.

"실험이라니!"

이제는 머리에 쥐가 날 정도가 된 필비가 소리쳤다.

"어쨌든 자네의 실험을 보세. 물론 엉터리일 테지만 말이야."

심리학자의 말이었다.

시간 여행자는 우리를 둘러보며 미소를 지었다. 그리고 여전히 희미하게 미소를 띤 채, 양손을 바지 주머니에 깊숙이 찔러 넣고는 천천히 방에서 걸어 나갔다. 긴 통로를 지나 실험실로 슬리퍼를 끌며 걸어가는 소리가 들렸다.

"도대체 뭘 가져오려는 걸까?"

심리학자는 우리들을 쳐다보며 말했다.

"교묘한 속임수 같은 걸 보여 주겠지."

의사의 말에 필비는 버슬렘에서 보았다는 마술사에 대한 이야기를 꺼냈다. 하지만 이야기의 서두를 마무리하기도 전에 시간 여행자가 돌아왔고, 필비의 이야기는 이내 멈춰 버리고 말았다.

시간 여행자의 손에 들려 있는 것은 번쩍이는 금속 물체로, 매우 정교하게 만든 작은 시계 크기 물건이었다. 안쪽에는 상아와 투명한 수정이 박혀 있었다. 지금부터는 모든 것을 상세하고 분명하게 기록해야만 할 것 같다. 시간 여행자의 설명을 사실이라 받아들이지 않는다면 그때 일어난 일도 도저히 이해할 수 없게 되기 때문이다.

시간 여행자는 방안 여기저기에 어지럽게 흩어져 있는 팔각 탁자 중에 하나를 들어 난로 앞에 놓았다. 탁자 다리 두 개는 난로 깔개 위에 올려졌다. 탁자 위에는 갓을 씌운 조그만 램프만 놓여 있었는데, 거기서 나온 밝은 빛이 모형 기계를 비추었다. 주위에는 십여 개의 촛불이 타고 있었다. 난로 선반 위에 두 개의 청동 촛대가, 또 벽에 달린 촛대에는 여남은 개의 초가 불을 밝히고 있었으므로 방안은 아주 환했다. 난로에서 제일 가까운 안락의자에 앉아 있던 나는 의자를 끌어당겨 시간 여행자와 난로의 정면 쪽으로 다가가 자리를 잡았다. 필비는 시간 여행자 뒤에 앉아 어깨 너머로 바라보고 있었고, 의사와 시장은 오른쪽에서, 심리학자는 왼쪽에서 시간 여행자의 옆모습을 바라보았다. 젊은 청년은 심리학자 뒤에 섰다. 우리 모두 신경을 곤두세우고 있었다. 이런 상황에서는 아무리 정교한 속임수를 아무리 능란하게 구사한다 해도 우리를 속일 수 없을 것임이 분명했다.

시간 여행자는 우리를 쳐다보더니 이내 탁자 위의 기계를 쳐다보았다.

"자, 어쩌겠다는 건가?"

심리학자가 재촉했다.

팔꿈치를 탁자에 올리고 기계 위로 두 손을 지그시 밀면서 시간 여행자는 입을 열었다.

"여기 있는 이 조그만 기계는 단지 모형일 따름이네. 난 이 기계가 시간을 여행하게 하도록 할 걸세. 곧 보게 되겠지만 아주 희한한 모습을 보여줄 거네. 이 막대기에 반짝거리는 이상한 모습이 나타날 거고, 따라서 좀 이상하게 보일지도 모르겠네. 그리고 여기에 작고 하얀 레버가 있지? 또 여기에도 하나 있고."

그는 손가락으로 가리키며 설명을 했다.

의사는 자리에서 일어나 유심히 그 물건을 바라보았다.

"참 멋있게 만들었군."

의사가 말했다.

"만드는데 2년 걸렸지."

시간 여행자는 퉁명스럽게 대꾸했다. 의사가 그런 것처럼 우리 모두는 자리에서 일어섰다. 그는 계속 말을 이어나갔다.

"자, 잘 들어두게. 이 레버를 밀면 기계는 미래로 가고, 다른 걸 밀면 과거로 간다네. 여기 이 안장은 시간 여행자가 앉을 자리이지. 곧 이 레버를 누를 거네. 그러면 기계는 미래를 향해 날아가 버릴 테지. 잘 보게나. 탁자도 잘 살펴보고. 속임수를 쓰지 않는다는 걸 확실히 해 두고 싶네. 헛되이 모형을 잃고, 게다가 거짓말쟁이란 소리까지 듣고 싶진 않으니 말일세."

얼마간 정적이 흘렀다. 심리학자가 내게 무어라 말을 하려다가 그냥 입을 다물어 버렸다. 시간 여행자는 손가락을 레버 쪽으로 가져갔다.

"아니지. 자네 손 좀 빌려주게."

시간 여행자는 갑자기 심리학자 쪽으로 몸을 돌려 그의 손을 잡고는 검지를 펴도록 했다. 모형 타임머신을 끝없는 여정의 길로 보내는 일은 심리학자가 맡게 되었다. 우리 모두 움직이는 레버를 바라보았다. 분명 아무 속임수도 없었다. 한 줄기 바람이 일더니 램프의 불을 흔들었다. 벽난로 선반 위의 촛불 하나가 꺼졌다. 모형 기계는 갑자기 맴을 돌더니 희미한 모습으로 변해가기 시작했다. 그러고는 잠깐 동안 마치 유령처럼 보이더니 완전히 사라져버리고 말았다. 탁자 위에는 램프만 덩그렇게 남아 있었다.

모두들 잠시 할 말을 잃고 있었다. 이윽고 필비는 귀신에 홀린 기분이라고 했다. 멍한 상태에서 깨어난 심리학자는 갑자기 탁자 밑을 살펴보기 시작했다. 그때 시간 여행자는 유쾌하게 웃으며 말했다.

"자, 어쩌겠다는 건가?"

좀 전에 심리학자가 한 말을 떠올리게 하는 어투였다. 시간 여행자는 자리에서 일어나 벽난로 선반 위의 담배 넣어 두는 단지로 다가갔다. 등을 우리 쪽으로 돌린 채로 파이프에 담배를 채우기 시작했다.

우리는 서로의 얼굴을 쳐다보았다.

"이봐! 자네는 정말 이걸 믿나? 아까 그 기계가 시간 여행을 하고 있다고 진정으로 믿는가 이 말일세."

의사가 물었다.

"물론."

시간 여행자는 구부정한 자세로 파이프 불 붙이는데 쓰는 심지에 불을 당기며 말했다. 그리고 파이프에 불을 붙이며 시간 여행자는 몸을 돌렸다. 심리학자의 얼굴을 쳐다보았다(심리학자는 당혹스럽지 않다는 양 시가를 집어 들었지만 불 붙일 곳을 잘라내는 것도 잊고 그냥 불을 붙이려 했다).

"그리고, 저 쪽에 모형이 아닌 진짜 기계가 완성을 눈앞에 두고 있다네."

이 말을 하며 그는 실험실 쪽을 손으로 가리켰다.

"완성이 되면 내가 직접 그걸 타고 시간 여행을 해 볼 생각이거든."

"그러니까 자네 얘기는 아까 그 기계가 미래로 날아갔다는 건가?"

필비가 물었다.

"미래인지 과거인지 정확한 건 모르겠네."

잠시 후, 심리학자에게 그럴 듯한 생각이 떠올랐다.

"시간 여행을 하고 있는 게 사실이라면 틀림없이 과거로 갔을 걸세."

"그건 왜지?"

시간 여행자가 물었다.

"공간 이동은 하지 않고 시간 이동만 했을 터이고, 따라서 만일 미래로 이동했다면 여기 여전히 남아 있어야 하네. 기계가 미래로 가려면 바로 지금 이 시점도 통과해야 할 테니 말일세."

"하지만 자네 말대로 과거로 갔다면 우리가 이 방에 들어섰을 때 그 기계가 보였어야 하네. 그리고 지난 목요일이나 지지난 목요일에도 보였어야 하고."

이렇게 내가 이의를 제기했다.

"심각한 문제 제기로군."

시간 여행자 쪽으로 몸을 돌리며 마치 공정한 재판관이라도 되는 듯한 태도로 시장이 말했다.

"아니, 전혀 그렇지 않네."

시간 여행자는 단호히 부인하고서 심리학자에게 말을 돌렸다.

"자네가 한번 생각해 보게. 자넨 이걸 설명할 수 있을 걸세. 우리가 인식할 수 있을 만큼의 최소 세기를 밑도는 표상, 즉 감쇄 표상이라는 걸로 설명할 수 있지."

"물론이네."

심리학자는 우리에게 설명을 하기 시작했다.

"심리학에서는 아주 간단한 개념이지. 진작 그 점을 생각해 냈어야 하는 건데……. 감쇄 표상이란 어렵지 않은 얘기네. 이걸로 모순을 명쾌하게 해결할 수 있을 걸세. 우리는 돌아가는 바큇살이나 날아가는 총알을 볼 수 없지 않은가? 우리가 그 기계를 볼 수도 없고 인식할 수도 없는 것 또한 그와 마찬가지인 거네. 만일 우리가 시간을 타고 흐르는 속도보다 50배 또는 100배 빠른 속도로 그 기계가 시간 여행을 한다면, 다시 말해서 우리가 1초 동안 시간 축을 타고 움직이는 사이에 기계는 1

분을 움직인다면 그것이 만들어내는 감각적 인상은 보통 때의 50분의 1 또는 100분의 1 정도에 불과할 거라는 말이네. 아주 간단하지."

그는 기계가 놓여있던 빈 공간에 손을 휘저었다.

"알겠는가?"

이 말과 함께 그는 껄껄대며 웃었다.

우리는 자리에 앉아 텅 빈 탁자를 한동안 응시했다. 이윽고 시간 여행자는 그날 저녁 일에 대해 어떻게 생각하는지 물었다.

"지금은 그럴 듯하게 들리는군. 그렇지만 내일 아침까지 기다려 봐야겠네. 분별력이 제대로 돌아오는 아침까지 말일세."

의사가 말했다.

"자네들, 진짜 타임머신을 보지 않겠나?"

시간 여행자가 물었다. 그러고는 바로 손에 램프를 들고 차가운 바람이 들어오는 긴 복도를 지나 그의 실험실로 우리를 데리고 갔다. 흔들리는 불빛, 어둠 속에서 윤곽으로만 보이던 그의 크고 괴상하게 생긴 머리, 그리고 어지럽게 춤추는 그림자들. 이 모든 것이 지금도 눈앞에 보이는 듯 생생하게 기억난다. 혼란스러운 마음과 반신반의하는 마음으로 우리 모두가 그의 뒤를 따라가던 광경이며, 우리 눈앞에서 사라졌던 모형 기계와 꼭 닮은 진짜 타임머신을 실험실에서 만났던 순간 등이 선하게 떠오른다. 기계의 일부는 니켈로, 어떤 부분은 상아로 되어 있었고, 또 다른 부분은 수정을 잘라 줄로 다듬어 놓은 것이었다.

기계는 거의 완성된 상태였다. 다만 뒤틀린 모양의 수정 막대가 완성되지 않은 상태로 의자 위 도면 옆에 놓여 있었다. 나는 수정 막대를 집어 들고 자세히 살펴보았다. 석영인 듯했다.

"여보게. 자네 진짜 농담하는 거 아니지? 지난 크리스마스 때에 보여준 귀신처럼 혹시 속임수는 아닌가?"

의사가 말했다.

시간 여행자는 들고 있던 램프를 높이 쳐들며 말했다.

"저 기계를 타고 시간 여행을 할 생각일세. 내 평생 지금처럼 진지하게 말해 본 적이 없다네."

우리 모두는 무슨 말을 해야 할지 알 수가 없었다. 의사의 어깨 너머로 필비의 눈과 마주쳤다. 그는 진지한 모습으로 눈을 찡긋해 보였다.

2

      그 당시 우리 중 어느 누구도 타임머신을 믿지 않았던 것 같다. 너무 똑똑해서 오히려 신뢰하기 어려운 부류의 사람이 있는데, 시간 여행자가 바로 그런 종류의 사람이었다. 나는 결코 속내를 알 수 없을 것 같다는 느낌을 그에게서 받고는 했다. 정확하게 잡아낼 수는 없지만, 솔직해 보이는 행동 뒤에 무언가 복선이 깔려 있을 것 같은 느낌이 들었다. 만일 모형을 보여주며 설명한 사람이 시간 여행자가 아니고 필비였다면 우리는 이렇게까지 회의적인 반응을 보이지 않았을 것이다. 만일 필비였다면 그가 의도하는 바를 모두 알아챌 수 있었을 것이기 때문이다. 필비의 속마음은 푸줏간 주인이라도 쉽게 알아낼 수 있다. 하지만 시간 여행자의 성격 속에는 종잡을 수 없는 그 무언가가 있었다. 그래서 우리는 그를 믿지 못했던 것이다. 과히 똑똑하지 못한 일반 사람들의 특징을 그에게서 보게 되는 경우가 있더라도 그것은 단지 그가 연출해내는 껍데기에 불과한 것처럼 보였다. 쉽게 그를 판단한다는 것은 어리석은 일이다. 그와 진지한 관계를 맺고 있는 사람들조차 그의 성격에 대해서는 확신하지 못했다. 그를 제대로 파악하고 있다고 자신의 판단력을 믿는다는 것은 어린아이 방에 깨지기 쉬운 도자기를 장식품으로 갖다놓고 안심하는 일처럼 무모한 짓이었다. 따라서 우리는 다음 목요일까지 시간 여행에 대해 많은 이야기를 나누지 않았다. 물론 모두들 속으로는 타임머신으로 인해 일어날 수 있는 여러 일들에 대한 생각했다. 예컨대 다른 시대로 날아간다거나, 그로 인해 일어날 각종 혼란 등에 대한 상상이 우리의 마음을 사로잡고 있었다. 특히 나는 그 모형 기계가 보여준 마술 같은 장면을 마음에서 떨쳐낼 수가 없었다. 그 다음날인 금요일에 린네 학회*에서 의사를 만난 일이 생각난다. 그가 말하길, 튜빙겐에서도 그와 비슷한 것을 본 적이 있다고 했다. 그리고 특히 어제 실험 때 촛불이 꺼졌다는 점을 강조했다. 하지만 그도 어떤 속임수를 쓴 것인지는 설명하지 못했다.

---

*생물학자 린네를 기념해 만든 영국의 학회

그 다음 주 목요일 다시 리치몬드로 갔다. 나는 시간 여행자의 집을 자주 드나드는 손님 중 하나였다. 좀 늦게 도착해 보니 이미 네댓 명이 응접실에 모여 있었다. 의사는 한 손에 종이 한 장을, 다른 한 손에는 시계를 들고 벽난로 앞에 서 있었다. 나는 두리번거리며 시간 여행자를 찾았다.

"이제 7시 반이 넘었군. 저녁 식사를 시작하는 게 좋을 듯 하네."

의사가 말했다.

"이 친구는 어디 있는 건가?"

내가 물었다.

"이제 왔나? 좀 이상하군. 급한 사정으로 늦는 모양이야. 여기 쪽지에는 7시까지 돌아오지 않거든 먼저 저녁 식사를 시작하라고 쓰여 있네. 돌아와서 모든 걸 설명하겠다는군."

"저녁 식사를 망칠 수는 없지."

어느 저명한 일간지의 편집장이 말했다. 그러자 의사는 종을 흔들어댔다.

지난 주 저녁 식사 때에도 참석한 사람으로는 의사와 나, 그리고 심리학자가 있었다. 다른 이들은 조금 전에 언급한 편집장 블랭크와 신문기자, 그리고 전에 본 적이 없는 또 다른 한 사람이었다. 처음 보는 그 사람은 매우 조용하고 수줍음을 많이 타는 사람으로, 턱에는 수염을 기르고 있었다. 그는 저녁 내내 한 마디 말도 하지 않았다. 시간 여행자가 늦어지는 이유에 대해 이런저런 얘기가 오갔고, 나는 농담조로 시간 여행을 언급했다. 그러자 편집장이 그것이 무슨 이야기인지 설명해 주기를 원했고, 이에 심리학자는 지난 주 목요일에 우리가 보았던 '기발한 역설과 마술'에 대한 단조로운 설명을 해나갔다. 그가 설명하는 도중에 회랑으로 난 문이 소리 없이 천천히 열렸다. 나는 문 쪽을 바라보고 있었기 때문에 문이 열리는 것을 제일 먼저 볼 수 있었다.

"어이. 이제야 왔군."

내가 말했다. 문이 활짝 열리고, 시간 여행자가 우리 앞에 섰다. 나는 놀라움에 외마디 소리를 질렀다.

"맙소사. 이게 어찌 된 일인가?"

그를 본 의사가 외쳤다. 그리고 식탁에 앉아 있던 모든 사람들이 문 쪽을 쳐다보았다.

그의 차림새는 정말 엉망이었다. 외투는 먼지가 뽀얗게 덮여 있는 것이, 너무나 더러운 꼴이었다. 또 소매에는 풀물이 들어 있었고 머리카락도 헝클어져 있었다. 전보다 머리카락이 더 세어진 것처럼 보였다. 먼지를 덮어써서 그런 것인지, 아니면 실제로 하얗게 된 것인지 알 수 없었다. 얼굴은 유령처럼 창백했다. 턱에는 갈색 상처가 나 있었는데, 이미 반쯤 아물어 있었다. 굉장한 고생을 한 듯, 수척하게 변한 얼굴이었다. 잠시 그는 문가에서 머뭇거렸다. 마치 빛 때문에 눈이 부신 듯했다. 이윽고 그는 방안으로 들어섰다. 그런데 발에 종기 난 사람처럼 절룩거리며 걸어 들어오는 것이었다. 우리는 아무 말 없이 그를 바라다보며 그가 입을 열기를 기다렸다.

그는 한 마디 말도 없이 힘겹게 식탁으로 걸어왔다. 그러고는 포도주를 손으로 가리켰고, 편집장은 샴페인 잔에 포도주를 채워 그에게 내밀었다. 그것을 단숨에 들이켜고 나서야 조금 정신이 드는 모양이었다. 탁자 주위를 둘러보는 그의 얼굴에는 평소 자주 보아온 미소가 엷게 배어나고 있었다.

"도대체 어디 있다가 오는 건가?"

의사가 물었다. 시간 여행자는 그 소리를 듣지 못한 것 같았다.

"자, 저녁 식사를 계속하게나. 나는 괜찮네."

그는 약간 떠듬거리며 말을 했다. 포도주를 더 달라고 잔을 내밀더니, 받아든 술을 이번에도 단숨에 마셔버렸다.

"아, 좋군."

그의 두 눈은 더욱 반짝이기 시작했고, 두 뺨에는 엷은 홍조가 번지기 시작했다. 무감각한 표정으로 그는 우리 얼굴을 둘러보았다. 그리고 따뜻하고 안락한 방안도 둘러보기 시작했다. 그리고 다시 입을 열었다. 그는 말할 때 단어 하나하나에 신경을 집중해서 말하려는 듯했지만 여전히 떠듬거렸다.

"몸 좀 씻고 옷도 갈아입어야겠네. 금방 내려와서……, 음―, 모든 걸 설명하겠네. 저기 양고기 좀 남겨 놓게나. 고기가 먹고 싶어 미칠 지경이네."

시간 여행자는 편집장을 바라보았다. 이 집을 방문한 적이 거의 없는 편집장은 시간 여행자에게 정말로 괜찮으냐고 물어보았다.

"잠시 후에 말해 주겠네. 내가……, 이상하지? 잠시 후면 괜찮아질 걸세."

술잔을 내려놓은 그는 계단이 있는 문으로 걸어갔다. 역시 절룩거리는 걸음걸이였다. 바닥에 닿는 발자국 소리를 들어보니 딱딱한 신발 뒤축 소리가 아닌 부드러운 소리였다. 나는 자리에서 일어나 문을 열고 나가는 그의 발을 바라보았다. 그는 신발을 신지 않았고, 오직 누더기가 된 피 묻은 양말만 신고 있었다. 그리고 곧 문이 닫혔다. 그를 따라가 볼까 하는 생각이 들었다. 하지만 간섭하는 것을 그가 얼마나 싫어하는지 알고 있던 나는 그만두기로 했다. 나는 잠시 멍하니 생각에 잠겼다. 그때 '어느 훌륭한 과학자의 유별난 행동'이라는 편집장의 말이 들렸다. 그는 신문의 헤드라인에 나올 법만 말을 쓰는 버릇이 있었다. 이 말에 나는 멍한 상태에서 깨어났다.

"도대체 뭘 하고 온 거죠? '아마추어 거지 대회' 같은 데라도 참석하고 온 건가요? 도무지 이해를 못 하겠군요."

신문기자가 말했다. 나는 심리학자의 눈과 마주쳤고, 나와 같은 생각을 하고 있음을 그의 얼굴에서 읽을 수 있었다. 시간 여행자가 고통스럽게 절룩거리며 계단을 올라가는 모습에 대해 생각해 보았다. 나 말고는 아무도 시간 여행자가 다리를 절고 있다는 사실을 알아차리지 못한 것 같았다.

놀라움에서 깨어나 제일 먼저 침착함을 되찾은 사람은 의사였다. 그는 종을 울려 따뜻한 요리를 가져오라고 했다. 시간 여행자는 식탁 주위에서 하인이 시중드는 것을 몹시 싫어했기 때문이다. 편집장이 투덜거리며 나이프와 포크를 집어 들자 말수 적은 남자도 그를 따라 나이프와 포크를 들었다. 저녁 식사가 이어졌다. 한동안 오고간 대화라고는 놀라움을 나타내는 감탄사뿐이었다. 마침내 궁금증을 더해가던 편집장이 물었다.

"우리의 친구는 도버 해협을 헤엄쳐 건너는 것으로 수입을 보충하는 모양이지? 아니면 느브갓네살*처럼 완전히 돌아버린 건가?"

"아마 타임머신과 관련된 일일 것 같네."

나는 이렇게 답하고 나서 심리학자가 하다만 이야기, 즉 지난 모임에 있었던 일을 마저 설명해 주었다. 그러나 새로 참석한 사람들은 도무지 믿지 못하겠다는 반응이었다. 편집장이 이의를 제기했다.

"시간 여행이라는 게 대체 뭐지? 역설 속에서 뒹굴어 저렇게 먼지를 뒤집어쓰는 일인가?"

조롱에 쓸 또 다른 단어가 떠오른 그는 말을 이어갔다. 미래에는 옷솔도 없는 모양이라는 말이었다. 신문기자도 전혀 믿으려 들지 않았다. 편집장과 함께 조롱하는 데만 열을 올렸다. 그

---

*구약 성경에 7년 동안 미쳐 있었다고 기록된 신바빌로니아의 왕

들은 매우 유쾌하지만 불손한 ― 새로운 부류의 저널리스트였다.

"내일 모레에 대한 특파원 보도입니다."

시간 여행자가 돌아오자 신문기자가 말했다. 아니, 소리치는 쪽에 가까웠다. 저녁 평상복으로 갈아입은 그는 수척한 모습을 뺀다면 나를 깜짝 놀라게 만들었던 아까의 모습은 찾아 볼 수 없었다.

"여기 있는 친구들이 다음 주를 여행하고 돌아왔다고 그러던데! 땅꼬마 로즈버리*가 어떻게 될지 얘기해 주지 않겠나? 자네는 얼마나 걸 텐가?"

편집장이 이죽거렸다.

시간 여행자는 아무 말 없이 자리에 앉았다. 그는 평소처럼 슬쩍 미소 지었다.

"양고기 어디 있나? 포크로 고기를 다시 찔러 보다니, 이게 얼마만이지?"

"얘기 좀 해 보게."

편집장이 외쳤다.

"얘기하란 말은 접어 두게나. 우선 좀 먹어야겠어. 내 동맥 안에 펩톤을 채워 넣기 전까지는 한마디도 하지 않겠네. 고마워, 소금도 좀 주겠나?"

---

*경주마를 의미하는 듯

시간 여행자가 말했다.

"한마디만 해 주게. 시간 여행을 하고 왔나?"

내가 물었다.

"응."

음식이 가득한 입으로 말하며 고개를 끄덕였다.

"보고서를 쓰면 내가 한 줄에 1실링씩 줌세."

편집장이 말했다. 시간 여행자는 말없는 남자 쪽으로 잔을 밀더니 손톱으로 잔을 톡톡 두드렸다. 그러자 그의 얼굴을 바라보고 있던 남자는 거의 반사적으로 황급히 포도주를 따랐다. 그 이후의 저녁 식사는 편안할 수가 없었다. 나만 해도 갑자기 여러 질문들이 혀끝을 맴돌았고 다른 사람들도 사정은 마찬가지였을 터이다. 신문기자는 분위기를 누그러뜨리려고 헤티 포터*에 대한 이야기를 꺼냈다. 먹는 일에만 온 정신을 쏟고 있는 시간 여행자는 걸신들린 듯 식욕을 과시할 따름이었다. 의사는 담배를 피며 눈을 가늘게 뜨고 시간 여행자를 살펴보았다. 말없는 남자는 더욱 어색해 보였다. 불안한 듯 샴페인을 규칙적으로 홀짝거렸다. 마침내 시간 여행자는 음식 접시를 앞으로 치우더니 우리들을 바라보았다.

"먼저 사과를 해야겠군. 너무나 배가 고팠거든. 정말 놀라운 경험을 했네."

---

*영국의 동화작가

그는 손을 뻗어 시가를 집어 들고는 그 끝을 잘라냈다.

"우리, 흡연실로 옮기세. 기름기 묻은 접시 앞에서 하기에는 너무 긴 얘기니까 말이야."

그는 자리를 뜨면서 하인들을 부르는 종을 울리고는 우리를 이끌고 옆방으로 옮겨갔다.

"블랭크하고 대쉬, 그리고 초즈에게 타임머신에 대해 얘기해 주었단 말인가?"

그는 안락의자에 기대앉으며 내게 말했다.

"하지만 그건 말도 안 되는 소리야."

편집장이 말했다.

"오늘 저녁은 언쟁을 벌일 기운이 없네. 자네들에게 기꺼이 얘기를 해줄 수는 있지만 논쟁을 벌일 수는 없단 말일세. 자네들이 원한다면 내가 겪은 이야기를 해주겠지만 중간에 말을 가로막지는 말게나. 실은 나도 얘기하지 않고는 못 견딜 만큼 다 말해 주고 싶거든.

대부분 거짓말처럼 들릴 걸세. 오늘 4시에 나는 실험실에 있었지. 그때부터 지금까지 8일 간의 시간을 보내고 왔네. 그 동안 나는 어느 누구도 결코 경험해 보지 못했을 것을 겪었다네. 난 지금 거의 녹초가 될 지경이지만, 얘기를 마치기 전까지는 잠자리에 들지 않을 거네. 하지만 중간에 끼어들지는 말아주게. 모두들 동의하는가?"

"알겠네."

편집장이 말했다. 다른 모두도 동의하자 시간 여행자는 이야기를 시작했다. 처음에는 등을 의자에 기댄 채 매우 지친 사람처럼 말을 꺼냈다. 하지만 얼마 후에는 점차 생기를 되찾아갔다.

지금 이 글을 쓰는 나는 그때의 이야기를 옮기는데 있어서 펜과 잉크의 한계를 절실히 느끼고 있다. 독자 여러분은 집중해서 이 글을 읽어 나가고 있을 터이지만, 그의 진지한 모습과 새하얀 얼굴은 볼 수 없으며 또 그 목소리와 억양도 들을 수 없는 것이다. 이야기가 새롭게 전개될 때마다 그의 표정이 어떻게 변했는지 또한 여러분은 알 수 없을 것이다.

흡연실에는 촛불을 켜놓지 않았기 때문에 이야기를 듣는 우리들 대부분은 어둠에 묻혀 있었다. 단지 신문기자의 얼굴과 말없는 남자의 다리, 그것도 무릎 아래쪽만 빛을 받고 있을 뿐이었다. 처음에 우리는 가끔 서로를 쳐다보기도 했지만 이윽고 시간 여행자에게만 눈을 고정시키고 이야기에 귀를 기울이기 시작했다.

3

지난 목요일에는 친구들에게 타임머신의 원리에 대해 얘기해 주었고, 또 아직 완성되지 않은 기계도 보여 주었다. 타임머신은 지금도 그 자리에 있지만, 실은 시간 여행으로 좀 낡은 기계가 되고 말았다. 상아 막대 중 하나는 금이 갔고, 놋쇠로 만든 난간은 구부러졌다. 하지만 나머지는 아무 이상 없이 완벽했다.

나는 지난 금요일에 완성될 것으로 예상했지만 바로 그날 조립이 끝나갈 무렵에야 니켈 막대 중 하나가 정확히 1인치* 짧다

---

*2.54센티미터

는 것을 발견했기 때문에 다시 만들어야만 했다. 그래서 오늘 아침에야 타임머신을 완성할 수 있었다. 타임머신의 탄생은 오늘 10시였던 것이다. 마지막 손질을 마친 다음 나는 나사들이 제대로 조여 있는지 다시 확인하고 석영 손잡이에 여분의 기름까지 쳤다. 그리고 나는 자리에 앉았다. 자살하려는 사람이 권총을 머리에 댄 순간에 느끼는 기분, 바로 다음 순간 어떤 일이 일어날 것인지에 대한 두려움과 호기심이 교차하는 기분, 바로 그런 느낌을 느꼈다. 나는 한 손을 작동 레버에, 다른 한 손을 중지 레버에 올려놓았다. 작동 레버를 밀었다가 곧바로 작동을 정지시켰다. 현기증이 나는 듯했기 때문이었다. 높은 데서 떨어지는 꿈을 꾸는 것 같았다. 실험실을 둘러보았지만 전과 다름이 없었다. 아무 일도 일어나지 않은 것 아닐까? 잠시 내 생각이 잘못된 것이 아닐까 하는 의구심이 생겼다. 시계를 보았다. 그런데 바로 조금 전 10시를 갓 넘어 있었던 시계가 지금은 거의 3시 반이 되어 있는 게 아닌가!

나는 숨을 들이마시며 이를 꽉 물고는 두 손으로 작동 레버를 잡고 확 밀었다. 실험실이 뿌옇고 어둡게 변했다. 워체트 부인이 걸어 들어왔다가 정원 문으로 걸어 나갔는데, 분명 나는 보지 못한 모양이었다. 방안을 들어왔다 나가는데 1분은 걸렸을 텐데, 내가 보기에는 로켓처럼 빠른 속력으로 움직이는 것이었다. 나는 레버를 최대한으로 밀었다. 갑자기 램프를 끈 것처럼 밤이 되더니 잠시 후에는 아침이 되었다. 실험실은 점점 희미하고 뿌옇게 되었다가 더욱더 희미하게 변해갔다. 웅얼거리는 것 같은 소리가 회오리치듯 귀에 울려왔고, 알 수 없는 혼란스러움이 마음을 채우기 시작했다.

시간 여행을 할 때 느껴지는 이상한 느낌은 어떻게 표현할 길이 없다. 극도로 불쾌한 느낌이었다. 롤러코스터를 탔을 때 느끼는 기분, 머리를 아래로 하고 밑으로 떨어지는 기분과도 같았다. 그렇게 밑으로 떨어지다 곧 바닥에 부딪힐 것 같은 생각에 엄청난 두려움이 느껴지기도 했다.

타임머신의 속도를 늘려감에 따라 검은 날개의 날갯짓처럼 낮과 밤이 교차했다. 어렴풋하게나마 보이던 실험실이 갑자기 없어지더니 하늘에는 태양이 땅에서 뛰어오르는 것처럼 보였다. 태양은 1분마다 한 번씩 하늘로 떠 올라와 새로운 하루가 왔음을 알려 주었다. 실험실이 무너져 내렸다. 내가 바깥에 나와 있게 된 것 같았다. 어렴풋이 건축 공사에 쓰이는 장비들이 보이는 듯했지만, 나는 이미 너무나 빠르게 움직이고 있었기 때문에 다른 것들은 알아 볼 수가 없었다. 느릿느릿한 달팽이조차 제대로 살펴볼 수 없을 정도로 빠르게 지나갔던 것이다.

어둠과 밝음이 빠르게 번쩍이며 교차되는 통에 눈이 아플 지경이었다. 빛이 사라진 순간 순간마다 빠르게 도는 달이 보였다. 달은 초승달에서 보름달로 빠르게 변했다. 또한 회전 운동을 하는 별들도 어렴풋이 볼 수 있었다. 속도를 더욱 높이자 낮과 밤의 번쩍거림이 서로 뒤섞여 회색으로 변했다. 하늘은 진한 청색의 멋진 색조를 띠었다. 새벽 여명처럼 아름답게 빛나는 색깔이었다. 빠르게 움직이던 태양은 이제 붉은 불의 띠가 되어 하늘 위에 멋진 아치를 이루었다. 희미한 빛을 발하는 달은 위아래로 요동치는 띠의 모습이 되었다. 별은 전혀 보이지 않았지만, 때때로 푸른빛을 발하며 명멸하는 동그라미들이 보이고는 했다.

주변 풍경은 안개가 낀 것처럼 희뿌옇게 보였다. 나는 여전히 우리 집이 서 있는 언덕 중턱 위에 자리 잡고 있었고, 내 위로는 회색의 희미한 산마루가 서 있었다. 나무들이 피어오르는 수증기처럼 자라나더니 갈색에서 녹색으로 변해 가는 모습이 보였다. 나무는 자라면서 가지를 펼치고 부르르 떨더니 결국은 사라져갔다. 또 거대한 건물이 희미하게 우뚝 서는가 싶더니 마치 꿈처럼 사라져 가는 것도 보였다. 땅 위의 모습도 내 눈앞에서 얼음처럼 녹아 흘러내리는 듯했다. 속도를 재는 계기반 위의 작은 바늘은 더욱 더 빠른 속도로 돌아갔다. 곧 나는 하늘의 태양 띠가 채 1분이 안 되는 주기를 가지고 위 아래로 흔들리고 있음을 볼 수 있었다. 그것으로써 1분에 1년이 넘는 속도로 달리고 있음을 알 수 있었던 것이다. 1분마다 온 세상에 눈발이 날리다가 이내 사라지고, 이어서 녹색의 밝은 봄이 잠시 왔다가 가고는 했다.

처음에 느꼈던 불쾌감은 어느 정도 완화되는 것 같았다. 그리고 마침내는 일종의 흥분 상태로 변해갔다. 기계가 이상하게 흔들리는 것을 감지했지만 그 이유는 알 수 없었다. 마음이 너무나 혼란스러웠기 때문에 주의를 기울일 수가 없었고, 정신착란과도 같은 상태가 점점 심해진 나는 미래를 향해 마구 내달렸다. 처음에는 멈춰 볼 생각조차 떠오르지 않았다. 나의 안과 밖에서 일어나는 새로운 감각들에 마음이 사로잡혀 있었던 것이다. 그런데 또 다른 기분이 마음속에서 일기 시작했다. 호기심과 더불어 두려움도 함께 일어난 것이다. 그리고 마침내 그 두 감정에 사로잡히게 되었다.

빠르게 요동치며 지나가는 희미한 세상을 바라보는 동안, 인류의 놀라운 발전이나 문명의 엄청난 진보를 바로 코앞에 두고도 못 보고 지나치는 것이 아닐까 하는 의구심이 들기도 했다. 그때, 주위에 거대하고 화려한 건축물이 솟아나는 것이 보였다. 우리가 사는 지금 이 시대의 어떤 건물보다도 큰 건물이었다. 그러나 가물거리는 불빛과 안개로 지어진 듯, 이 역시 희미한 모습이었다. 진한 녹색의 풀이 언덕을 타고 위로 올라가더니, 겨울이 끼어드는 일없이 푸른 모습 그대로 남아 있었다. 정신이 몹시 혼란스러웠지만, 그래도 대지는 아주 아름답다는 생각이 들었다.

이윽고 타임머신을 멈춰 봐야겠다는 생각이 들기 시작했다. 그런데 특별한 위험이 있었다. 그것은 나와 타임머신이 있는 장소에 다른 물체가 버티고 있을 경우였다. 빠른 속도로 시간 여행을 하고 있을 때에는 전혀 문제될 바가 없다. 그때에는 내 존재가 '희석'되어 있는 상태로, 마치 기체처럼 가로막고 선 물체의 빈틈 속으로 스며들 수 있기 때문이다. 그러나 타임머신을 멈추게 되면 내 몸의 분자 하나하나가 그 장소를 미리 차지하고 있던 물체의 분자와 부딪쳐 서로 뭉개 버리게 될 터였다. 그렇게 되면 내 몸을 이루고 있는 원자들과 물체의 원자들이 극도로 밀착되기 때문에 격렬한 화학적 반응, 즉 엄청난 폭발이 일어나게 되고 내 몸과 타임머신은 산산조각이 나 모든 차원의 방향으로 날아가 버리고 만다. 타임머신을 만들 때부터 그런 위험에 대해 고려하기는 했지만 어쩔 수 없이 감수해야할 것으로 치부하면서 그 위험을 가볍게 취급했다. 그런데 위험을 목전에 두고 보니 사정이 달랐다. 실은 이제까지 경험해 볼 수 없었던 놀라운 일들, 고장난 듯 덜컹대며 흔들리는 타임머신, 그리고 무엇보다도 바닥을 알 수 없는 아래로 떨어지는 듯한 기분으로 인해 나는 극도의 신경쇠약 상태가 되어 있었던 것이다. 결코 정지시킬 수 없을 것 같다는 불안한 마음에, 앞 뒤 재보지 않고 무작정 세워야겠다는 생각에 사로잡힌 나는 어리석게도 레버를 급하게 잡아당겼다. 타임머신은 요동을 치며 뒤집어졌고, 나는 공중으로 퉁겨져 곤두박질치고 말았다.

귀에서 벽력같은 소리가 들렸다. 그리고 잠시 정신을 잃었던 것 같다. 정신이 들고 보니 차가운 우박이 소리를 내며 떨어지고 있었고, 나는 뒤집힌 타임머신 앞에 깔린 보드라운 잔디 위에 앉아 있었다. 모든 것이 아직도 회색으로 보이는 듯했지만 귓속의 혼란스러운 웅웅거림은 없었다. 나는 주위를 둘러보았다. 정원 속 작은 잔디밭처럼 보이는 곳으로, 주변은 철쭉나무 덤불이 둘러싸고 있었다. 자줏빛 철쭉꽃이 우박을 맞고 소나기처럼 떨어졌다. 춤추듯 튀어 오른 우박이 타임머신 위에 하얗게 구름을 만들었고, 땅 바닥에 떨어진 우박은 마치 바람에 흩날리는 연기처럼 보였다. 잠시 후 내 온몸은 완전히 젖고 말았다.

"무수한 세월을 뚫고 여기까지 온 사람을 이렇게 맞이하다니."

나는 투덜거렸다.

그리고 보니 온몸이 젖도록 멍 하니 있었던 내가 바보 같았다는 생각이 문득 들었다. 나는 자리에서 일어나 사방을 둘러보기 시작했다. 철쭉나무 너머로 하얀 돌로 만든 거대한 조각상이 쏟아지는 우박 속에서 희미하게 모습을 드러내고 있었는데 다른 것들은 제대로 보이지 않았다.

그때 내가 느꼈던 기분을 뭐라 표현하면 좋을까? 우박이 잦아들자 하얀 조각상이 좀 더 분명하게 눈에 들어왔다. 비로소 그것이 굉장히 큰 조각임을 알 수 있었다. 자작나무가 조각상의 어깨에 닿아 있었기 때문이다. 조각상은 대리석으로 만들어져 있었는데, 날개 달린 스핑크스를 닮아 있었다. 하지만 날개를 세우고 있는 것이 아니라 양옆으로 활짝 펴고 있어서 마치 하늘을 나는 듯한 모습이었다. 청동으로 보이는 받침대에는 푸른 빛깔의 녹이 두껍게 덮여 있었다. 그 얼굴은 마침 내 쪽을 향해 있었는데, 두 눈이 진짜로 나를 쳐다보고 있는 것 같았다. 입술은 엷은 미소를 머금고 있었으나 풍화작용으로 심하게 닳아서 마치 좋지 않은 병에 걸린 듯한 인상을 주었다. 나는 잠시 ― 대략 30초, 아니 어쩌면 30분이었는지도 모르겠다 ― 우두커니 서서 조각상을 바라보았다. 우박이 거세지거나 약해짐에 따라 조각상이 앞으로 다가왔다 뒤로 물러섰다 하는 것 같았다. 이윽고 거기서 눈을 떼어 주위를 둘러보니 사방에 커튼을 드리운 듯 쏟아지던 우박 줄기도 많이 약해져 있었다. 그리고 하늘에는 해가 나려는 듯 주위가 밝아오는 중이었다.

나는 웅크리고 앉은 하얀 조각상을 다시 쳐다보았다. 이곳에 온 것이 얼마나 무모한 일인가 하는 생각이 절실히 다가왔다. 우박이 다 걷히고 나면 무엇이 보일까? 인류에게 어떤 일들이 일어났을까? 잔혹성이 일상적인 것이 되어 있다면 어찌할 것인가? 만일 인류가 인간성을 상실하고, 피도 눈물도 없는 엄청난 괴력의 생물로 변해 버렸다면? 그렇다면 내가 태고의 원시 동물로 보일 것이고, 또 그런 원시 동물이 자신들과 여러모로 비슷하게 생긴 점이 더욱 소름끼치고 역겹게 느껴져 당장 때려죽이려 들지도 모른다는 생각이 들었다.

차츰 우박 기세가 잦아들자 여러 모습의 건물들이 눈에 들어왔다. 서로 뒤얽힌 듯한 지붕 난간과 커다란 기둥을 지닌 건물이었다. 이어서 나무로 뒤덮인 언덕도 서서히 눈에 들어오기 시작했다. 견딜 수 없는 공포가 엄습했다. 미친 듯이 타임머신으로 돌아가 기계를 바로 세우려 안간힘을 썼다.

그때, 폭우처럼 쏟아지는 우박을 뚫고 햇살이 내리비쳤다. 온 세상을 회색으로 채색하며 떨어지던 우박이 마치 바닥을 쓸던 유령의 옷자락처럼 사라져 버린 것이다. 머리 위 쪽빛 여름 하늘에는 희미한 갈색 구름 조각들이 재빨리 사라져가고 있었고, 주위의 거대한 건물들은 물기에 젖어 빛을 내며 선명한 모습으로 서 있었다. 아직 녹지 않은 우박을 이고 있는 건물의 꼭대기는 서로 머리를 맞대며 하얀 색깔로 도드라져 보였다. 낯선 세계에서 벌거벗고 서 있는 듯한 느낌이 들었다. 청명한 하늘을 날고 있는 새, 자기 머리 바로 위로 매 한 마리가 날고 있어서 지금이라도 자신을 덮칠지도 모른다는 사실을 아는 새가 느낌직한 그런 기분이었다. 공포가 점점 크기를 더해가서 미칠 것만 같았다. 나는 잠시 한숨을 돌린 다음, 이를 악 물고 손목과 무릎에 모든 힘을 모아 타임머신을 바로 세우려 했다. 다시 세우다가 기계에 턱이 부딪치기도 했지만 필사적인 노력에 의해 뒤집혀 있던 타임머신은 제자리를 찾을 수 있었다. 나는 다시 올라타기 위해 한 손을 안장에, 다른 한 손은 레버에 올려놓은 자세로 가쁜 숨을 몰아쉬었다.

그런데 안전한 퇴각로를 확보하고 나니 슬슬 용기가 나기 시작하는 것이었다. 차츰 두려움이 엷어진 나는 까마득히 먼 미래의 세계를 이제는 호기심에 찬 눈으로 살피기 시작했다. 근처 집 벽에 높이 자리한 둥그런 모양 창에 부드러운 옷감의 화려한 색깔 옷을 걸친 사람들이 서 있는 것이 보였다. 그들의 얼굴은 나를 보고 있었다. 아까부터 나를 보고 있었던 것이다.

그때, 목소리가 점점 더 다가왔다. 백색의 스핑크스 옆 수풀을 뚫고 이쪽으로 다가오는 사람들의 머리와 어깨가 보였다. 그 중 한 명이 이곳 작은 잔디밭으로 이어지는 통로로 들어섰다. 그는 아주 작은 몸집으로서, 대략 4피트* 키에 자주색 웃옷을 걸치고 허리에는 가죽 허리띠를 두르고 있었다. 샌들이라고 해야할지 반장화라고 해야할지 정확히 구분할 수 없는 것을 신고 있었는데, 다리는 무릎까지 맨살이 드러나 있었고 머리에는 아무 것도 쓰지 않은 모습이었다. 그 모습을 본 나는 그곳이 매우 따뜻한 곳임을 그제야 알아챌 수 있었다.

그는 매우 아름답고 우아한 모습이었다. 하지만 몹시 연약해 보였다. 상기된 얼굴은 소모성 질환을 앓는 사람에게서 볼 수 있는 아름다움을 떠올리게 했다. 우리가 흔히 듣던 결핵 환자의 홍조 띤 얼굴의 아름다움 같았던 것이다. 그를 보자 나는 갑자기 자신감이 생기기 시작했다. 그래서 타임머신에 대고 있던 손을 떼어 버렸다.

---

*약 1.2미터

4

     잠시 후, 우리는 서로 얼굴을 마주보며 서 있었다. 미래의 연약한 모습의 존재와 내가 그렇게 대면을 하게 된 것이다. 그는 곧바로 내게 다가와 나를 빤히 쳐다보며 웃었다. 아무런 두려움을 보이지 않는 그의 태도에서 놀라움을 금할 수 없었다. 그는 뒤따라오던 두 사람 쪽으로 몸을 돌리더니 무어라 말을 했다. 이상한 말이었지만 아주 부드럽고 물 흐르듯 유려한 억양이었다.

  또 다른 여남은 명의 무리가 이쪽으로 다가왔고, 곧 가녀린 모습의 그들이 내 주위를 둘러싸게 되었다. 그들 중 하나가 내게 말을 건넸다. 그때 내 목소리가 그들이 듣기에 지나치게 굵고 거칠게 들리리라는 생각이 들었다. 그래서 나는 머리를 가로 저었고, 다시 내 귀를 가리키며 머리를 또 저었다. 말을 건네던 그는 한 걸음 앞으로 다가와 잠시 머뭇거리더니 내 손을 건드려 보았다. 그리고 곧 작고 부드러운 촉수와 같은 느낌을 주는 다른 손이 등과 어깨를 더듬었다. 내가 허깨비인지 아닌지 확인해 보고 싶었던 것이리라. 그런데 나는 이 모든 것에 대해 전혀 두려운 마음이 들지 않았다. 작은 체구의 그들에게는 내게 자신감을 불러일으키는 무언가가 있었다. 상냥하고 온순한 태도와 더불어 어린아이처럼 남을 경계하지 않았기 때문이다. 더구나 그들은 아주 연약해 보여서 열댓 명이 달려들더라도 거뜬히 막아낼 수 있겠다는 생각이 들기도 했던 것이다. 그들이 연분홍색 조그만 손으로 타임머신을 만지려 했다. 곧바로 나는 경고의 몸짓을 해 보였다. 그로써 미처 생각하지 못했던 위험성을 늦기 전에 상기할 수 있었던 것은 다행스러운 일이었다. 나는 타임머신의 난간 위로 손을 뻗어 작은 조종 레버들을 빼내 호주머니에 넣었다. 그리고 다시 그들 쪽으로 몸을 돌려 어떻게든 의사소통을 할 방도를 찾아보려 했다.

그들의 생김새를 좀 더 자세히 살펴보니 도자기 인형처럼 아름다워 보이는 그들 모습 중에 유독 두드러진 특징이 있음을 깨달을 수 있었다. 머리카락은 균일한 형태의 곱슬머리로, 목과 뺨 부분에서 싹둑 잘라낸 듯한 바가지 모양이었다. 얼굴에는 솜털조차 보이지 않았고, 두 귀는 이상하리만큼 작았다. 작은 입에 입술은 매우 빨갛고 얇았다. 또 작은 턱은 뾰족하게 튀어나와 있었다. 그들의 커다란 눈은 온순해 보였다. 나에 대해 그들이 보이는 관심이 의외로 크지 않은 듯했는데, 그것은 그들을 제대로 이해 못한 상태에서 내 멋대로 생각하고 있기 때문일 것 같았다.

그들은 나와 의사소통을 해 보려는 노력은 하지 않고, 그저 내 주위에 둘러서서 미소 띤 얼굴로 서로 웅얼웅얼 이야기를 나눌 따름이었다. 그래서 나는 먼저 대화를 시도해 보고자 했다. 먼저 타임머신과 나 자신을 손으로 가리켰다. 시간을 어떻게 표현할지 망설이다가 태양을 가리켰다. 그러자 자주색과 하얀색으로 이루어진 바둑 무늬 옷을 입은 기묘한 모습의 작은 사내가 내 동작을 따라 하더니 곧 이어 천둥소리를 흉내 내는 바람에 나는 깜짝 놀라고 말았다.

그가 무엇을 말하려는지 분명하게 이해할 수는 있었지만 잠시 동안 나는 어안이 벙벙해 있었다. 이들 모두 저능한 천치들이 아닐까 하는 의문이 갑자기 들었다. 얼마나 충격을 받았는지 다른 사람들은 상상조차 하지 못할 것이다. 서기 80만 2000년대를 살아가는 사람들이라면 지식과 예술을 망라한 모든 분야에서 월등하게 진보해 있으리라 생각해 왔기 때문이다. 그런데 고작 대여섯 살 어린애 수준의 질문을 하다니! 나에게 천둥을 타고 태양에서 내려왔느냐고 묻다니! 그들의 옷차림과 여린

몸매를 보고 내렸던 판단이 흔들렸다. 커다란 실망감이 엄습했다. 순간 타임머신을 만든 일이 부질없는 짓이었다는 생각이 들었다.

 나는 고개를 끄덕이며 태양을 손으로 가리켰다. 그리고 그들이 깜짝 놀랄 만큼 아주 커다란 소리로 천둥소리를 흉내냈다. 그러자 그 중 하나가 기쁜 얼굴로 내게 다가와 생전 처음 보는 꽃으로 만든 화환을 내 목에 걸어 주었다. 이에 다른 이들은 선율처럼 아름다운 박수 소리로 환호했다. 그러고는 그들 모두가 꽃을 따느라 이리저리 뛰어다니기 시작했고, 이내 그들이 가져다 준 꽃으로 나는 숨이 막힐 지경이 되었다. 그 꽃을 직접 보지 못한 사람은 수십만 년의 세월이 얼마나 섬세하고 훌륭한 꽃들을 지어냈는지 도저히 상상하지 못할 것이다. 그때 누군가가 이 재미있는 장난감을 모두 함께 볼 수 있도록 근처 건물로 들어가자고 했는지, 나는 그들에 이끌려 하얀 대리석 스핑크스를 지나(아까부터 스핑크스는 놀라움에 싸여 있는 나를 미소 띤 얼굴로 쳐다보는 듯했다) 돌로 된 거대한 회색 건축물로 다가가게 되었다. 돌은 풍화 작용으로 마모되어 있었다. 그들과 함께 가는 동안에 아주 진지하고 지적인 후손을 만나게 되리라고 확신했던 것이 머리에 떠올라서 참을 수 없는 웃음이 새어 나왔다.

 건물 입구는 아주 컸다. 나머지 것들도 엄청난 규모였다. 점점 숫자가 불어나는 키 작은 사람들과 내 앞에 하품하듯 입을 벌리고 있는 커다란 문들이 내 시야를 가득 채워서 다른 것들은 제대로 볼 수가 없었다. 단지 그들의 작은 머리 위로 이리저리 얽힌 아름다운 수풀과 꽃들만이 얼핏 보였다. 정원은 오랫동안 손보지 않은 듯했지만 잡초는 보이지 않았다. 삐죽하게 서 있는 이상한 모양의 흰 꽃이 보였다. 말랑말랑한 꽃잎은 직경이 1피트*나 되었다. 하지만 그때에는 그 꽃을 제대로 살펴볼 수 없었다. 타임머신은 철쭉나무 수풀이 둘러싼 잔디밭에 덩그러니 남게 되었다.

출입구 아치에는 화려한 문양이 조각되어 있었다. 고대 페니키아 문양과 비슷하다는 인상을 받았지만 찬찬히 살펴볼 수는 없었다. 단지 여기저기 심하게 깨졌고 비바람에 상했다는 것만이 눈에 띄었다. 더욱 밝은 색의 옷을 입은 무리가 나를 문가에서 맞이했고, 우리 모두는 그 안으로 들어섰다. 음침한 19세기 의복 위에 화환을 두른 나는 아주 괴상한 모습으로 비쳤을 것 같다. 내 주위에는 밝고 연한 색조의 의복, 윤기 흐르는 하얀 팔다리의 물결, 그리고 선율처럼 아름다운 웃음소리와 말소리로 가득했다.

커다란 출입구를 지나자, 출입구 크기에 걸맞게 거창한 다갈색의 홀이 나타났다. 천장은 어두운 색조를 띠고 있었으며 창문 중 일부는 색유리, 또 다른 창문은 투명한 유리로 되어 있어

---

*약30센티미터

서 바깥의 강렬한 햇살을 누그러뜨려 주었다. 바닥은 얇은 판석 대신 하얗고 아주 단단한 금속으로 된 커다란 블록들이 깔려 있었다. 바닥은 많이 닳은 상태였다. 수많은 세대가 그 위를 지나 다녔기 때문이리라고 판단되었다. 사람들이 많이 다니는 길에는 깊게 골이 패어 있기도 했다. 홀에는 다듬어 윤을 낸 돌판으로 만든 수많은 탁자들이 기다랗게 가로 놓여 있었다. 탁자 높이는 대략 1피트쯤 되어 보였고, 그 위에는 과일이 수북이 쌓여 있었다. 그 중에는 거대한 크기의 딸기와 오렌지가 보였지만, 대부분은 생전 처음 보는 이상한 모양의 과일이었다.

탁자 사이사이에 수많은 방석이 깔려 있었다. 그 위에 나를 이끌고 들어온 무리들이 앉았고 나에게도 앉으라고 손짓을 했다. 아무 격식 없이 그들은 손으로 과일을 집어먹기 시작했다. 껍질과 줄기는 탁자 옆에 난 둥그런 구멍에 던져 넣었다. 시장기와 갈증을 느끼던 참이라 거부감 없이 그들과 같은 방식으로 과일을 먹었다. 과일을 먹으며 느긋하게 사방을 둘러보았다.

여기저기 낡고 깨진 황폐한 모습이 유난히 내 주의를 끌었다. 스테인드글라스로 된 창문은 기하학적 무늬만 그려져 있었는데, 역시 이곳저곳 깨져 있었고 한쪽 끝에 달린 커튼에는 먼지가 켜로 쌓여 있었다. 내 근처에 놓인 대리석 탁자의 귀퉁이에도 금이 가 있는 것이 눈에 들어왔다. 그럼에도 불구하고 전체적인 분위기는 아주 화려하고 아름다웠다. 홀에서 식사를 하고 있는 사람은 200명가량 되었는데, 그들 대부분은 최대한 내 쪽

가까이에 자리를 잡고 앉아 흥미로운 듯 나를 주시했다. 과일을 먹는 그들의 눈은 광채를 내고 있었다. 그들 모두의 옷은 동일한 옷감으로 만들어졌는데, 그 옷감은 부드럽지만 질긴 비단이었다.

과일만이 그들의 유일한 음식이었다. 머나먼 미래에서 만난 그들은 엄격한 채식주의자였기 때문에 나는 때때로 못 견딜 정도로 고기가 먹고 싶었지만 어쩔 수 없이 과일만 먹어야 했다. 얼마 후에 알게 된 사실이지만 말과 소, 양, 그리고 개까지, 어룡이 그러했던 것처럼 모두 멸종해 버렸던 것이다. 하지만 과일은 아주 맛이 좋았다. 특히 어떤 과일은 내가 머물던 때가 제철이었던지 3면으로 이루어진 깍지 안에 가루 같은 것이 맛이 아주 좋아서 내 주식이 되었다. 처음에는 이상스럽게 생긴 과실과 꽃들이 낯설었지만 차츰 그것들의 유익함을 깨닫게 되었다.

그렇지만 까마득히 먼 훗날의 과일 식사에 대해 장황하게 얘기할 필요는 없을 것 같다. 식욕을 채우고 나자 이제는 그들의 말을 배우기 위해 무슨 시도를 해 봐야겠다는 생각이 들었다. 식사 후에 해야 할 일은 그것 말고 없었다. 과일을 가지고 시작하는 편이 편리할 것 같아 과일을 들고는 무엇을 묻는 듯한 억양과 몸짓을 지어보았다. 의미를 전달하기가 상당히 어려웠다. 처음에는 그런 내 모습을 보고 놀란 듯한 표정을 짓기도 하고 또 참지 못하고 웃음을 터트리기도 했지만 곧 금발머리를 한 무리 중 한 명이 내 뜻을 알아차렸는지 이름을 반복해 말해 주었다. 그들은 내가 무엇을 하려는지 서로에게 설명하느라 한참을 떠들어댔다. 그리고 내가 처음으로 섬세한 그들의 말을 작은 목소리로 더듬거리며 말하자 모두들 크게 웃으며 즐거워했다. 오히려 어린 학생들 앞에 서 있는 선생님 같은 느낌을 받았지만 나는 말 배우기를 그만두지 않았다. 이윽고 20개 정도의 구체명사를 사용할 수 있게 되었다. 그 다음은 지시대명사를 배웠고, 동사 '먹다'까지 발전했다. 하지만 말 배우기는 매우 더디게 진행되었다. 몸집 작은 그 친구들은 금방 싫증을 냈고, 귀찮게 물어대는 나에게서 벗어나려 했다. 그래서 하는 수 없이 그들이 내켜할 때마다 조금씩 배우기로 마음먹었다. 그러나 조금씩 배워 나가는 것조차 쉽지 않음을 오래지 않아 알게 되었다. 그들처럼 게으르고 쉽게 싫증내는 사람은 생전 처음이었다.

  나는 곧 그들에 대해 한 가지 이상한 점을 찾아낼 수 있었다. 집중력이 매우 부족하다는 점이었다. 그들은 마치 어린아이가 신기한 것을 발견한 양 떠들썩하게 내게로 다가왔지만 이내 나에 대한 관찰을 팽개치고 다른 놀 거리를 찾아 사라져 버렸다. 저녁 식사 뒤에 몇 마디 말 배우기가 끝나고 보니 처음에는 내 주위를 둘러싸고 있던 그들이 대부분이 없어졌음을 알 수 있었다. 내가 그토록 빨리 그들에 대해 실망하게 된 것 또한 이상한 일이었다. 배고픔이 가시자 건물 출입구를 지나 밝은 바깥 세상으로 다시 나왔다. 나는 계속 그들과 마주쳤고, 나를 본 그들은 약간의 거리를 두고 따라왔다. 그들은 나에 대해 서로 속삭이며 얘기를 나누더니 재미있다는 듯 웃기도 했다. 그리고 얼굴에 미소를 지으며 다정하게 손짓 발짓으로 내게 말을 걸다가는 얼마 못 가서 이번에도 역시 나만 남겨두고 모두 사라져 버렸다.

홀에서 나와 밖으로 나와 보니 저녁의 고즈넉함이 가득했고, 세상은 석양으로 물들어 있었다. 처음에는 모든 것이 혼란스러웠다. 내가 익숙하게 알고 있던 세상과 너무나 달랐다. 꽃조차 달랐던 것이다. 내가 빠져 나온 커다란 건물은 강 유역의 경사지에 자리해 있었는데, 템스 강은 원래 위치에서 1마일*쯤 옮겨져 있었다. 나는 산꼭대기로 올라가 보기로 했다. 대략 원래 자리에서 1마일 반**쯤 떨어진 곳으로, 그곳에 올라서면 서기 80만 2701년의 세계를 좀 더 멀리까지 볼 수 있을 터였다. 여기에서 설명이 필요할 것 같다. 80만 2701년이란 타임머신의 계기반이 가리키던 숫자다.

산을 오르면서 세심하게 주위를 살폈다. 온 세상이 폐허더미가 된 이유를 알아낼 수 있는 단서라도 찾을까 싶어서였다. 주변은 온통 폐허였다. 예컨대, 내가 오르는 길 앞에는 알루미늄으로 묶여 있는 거대한 화강암 덩어리들과 커다란 미로를 이루

---

*약 1.6킬로미터
**약 2.4킬로미터

고 있는 가파른 성벽들, 또 무너져 내려 산더미를 이룬 돌들이 보이기도 했다. 그 폐허 가운데 탑처럼 생긴 아주 아름다운 식물이 빼곡히 자라고 있었다. 쐐기풀 종류인 것 같았지만 잎사귀는 멋진 갈색으로 물들어 있었고 사람을 찌를만한 가시는 보이지 않았다. 분명 거대한 구조물의 잔재였다. 무슨 목적으로 지어졌는지는 알 수 없었다. 아무튼 나중에 이곳에서 나는 아주 이상한 일을 겪게 되는데, 그 일은 더욱 더 희한한 일의 전주곡에 불과한 것이었다. 거기에 대해서는 나중에 적절한 시기를 골라 이야기할 생각이다.

잠시 휴식을 취하면서 아래를 내려다보다가 작은 크기의 집은 하나도 보이지 않음을 불현듯 깨닫게 되었다. 모든 집들이 남김없이 사라져 버린 듯했고, 가족 제도 자체가 없어진 것 같았다. 가옥이나 작은 집은 전혀 보이지 않았고, 이곳저곳 수풀 가운데 궁궐처럼 거대한 건물들만 서 있었다. 가옥으로 가득한 영국의 풍경은 완전히 사라져 버린 것이다.

"공산주의 사회인가."

나는 홀로 중얼거렸다.

그때 또 다른 생각이 떠올라 내 뒤를 따라오던 예닐곱 명의 키 작은 사람들을 쳐다보았다. 그리고 문득 그들 모두가 같은 옷에, 같은 모양의 털 없이 부드러운 얼굴 형태, 또 한결같이 여자아이처럼 통통한 팔과 다리를 하고 있다는 점을 깨달았다. 그런 사실을 미처 깨닫지 못한 것이 이상하게 여겨질지 모르지만, 그곳에서는 다른 모든 것도 이상했다는 사실을 염두에 두어 주었으면 한다. 의복은 남자와 여자를 구별할 정도의 차이점만 있을 뿐 모두 같은 모습이었다. 어린아이도 어른의 완벽한 축소판으로 보였다. 어린아이들은 최소한 육체적으로는 매우 성숙한 것 같았다. 그리고 이 판단이 옳았음을 입증하는 수많은 일을 나중에 겪기도 했다.

안락과 안전 속에서 사는 그들의 모습을 보다 보니 남성과 여성 사이에 큰 차이가 없어진 것은 우리 모두 예상하던 바와 다름이 없다는 생각이 들었다. 남자의 강함과 여자의 부드러움, 가족 제도, 그리고 직업상의 차별 등은 힘이 지배하는 호전적 사회에서나 필요한 것이다. 인구가 균형을 이루어 안정되고 물자가 풍족한 사회에서는 자식을 많이 낳아 기르는 것은 국가에 이익이 되는 행동이 아니라 오히려 해를 끼치는 바람직하지 못한 일이 된다. 폭력이 거의 발생하지 않는 곳에서는 자식들의 생존 가능성이 확실히 보장되기 때문에 자녀를 많이 낳아 기를 필요성이 적어지거나 실제로 거의 없어질 것이며, 자식을 양육하는데 있어서의 아버지와 어머니의 역할 분담도 사라져 버릴 터이다. 이러한 추세는 이미 우리 시대에도 시작되었으며, 바로 그 미래의 시기에 완결된 것이다. 하지만 이것은 내가 그 당시에 품고 있었던 생각에 불과함을 미리 밝혀 두어야겠다. 실제는 내 생각과 상당히 동떨어져 있었음을 나중에 발견하게 되기 때문이다.

이런 생각을 하던 중에 아주 작은 구조물 하나가 눈에 들어왔다. 그것은 둥그런 지붕을 씌워 놓은 우물 같았다. 우물이 그 때까지도 존재한다는 것에 대해 잠시나마 이상하다는 생각이 들었다. 하지만 이제까지 골몰해 있던 원래의 생각 속으로 다시 빠져들었다. 언덕 위쪽으로는 더 이상 커다란 건물이 없었고, 또 빠른 걸음으로 산을 오르던 중이라서 나는 처음으로 키 작은 사람들에게서 벗어나 홀로 있게 되었다. 해방감과 모험심이 뒤섞인 기묘한 기분을 느끼며 정상을 향해 계속 올라갔다.

그곳에서 노란색의 알 수 없는 금속으로 만들어진 의자를 하나 발견했다. 여기저기 부식되어 연분홍 녹이 슬고, 절반 가량은 부드러운 이끼로 덮여 있고, 팔걸이는 떨어져 나가 마치 그리핀*의 머리 같았다. 나는 그 자리에 앉아 석양 가운데 드러나고 있는 세상을 바라다보았다. 내가 이제까지 보아온 경치와 다름없이 아름다웠다. 태양은 이미 지평선 아래로 숨어 버렸다. 서쪽 하늘은 금색으로 빛나고 그 위로 자주색과 진홍색이 가로 막대처럼 덧칠되어 있었다.

저 아래 템스 강은 번쩍이는 강철 띠 모양을 하고 있었으며, 이미 앞에서 말했듯이 갖가지 나무로 이루어진 수풀 여기저기에는 거대한 궁전 같은 건물이 보였다. 그 중 어떤 것은 폐허가 되어 버려져 있었고, 어떤 곳에는 아직 사람이 살고 있었다. 돌

---

*독수리의 머리와 날개, 그리고 사자 몸을 지닌 그리스 신화의 괴물

보지 않고 내버려진 땅 이곳저곳에 하얀색 또는 은색 조각상들이 서 있었고, 곳곳에 둥근 지붕과 오벨리스크가 우뚝 솟아 있기도 했다. 울타리가 보이지 않는 것으로 보아 사유 재산 제도가 없는 것 같았다. 또 농사를 짓고 있는 흔적도 보이지 않았다. 지구 전체가 하나의 정원이 되어 있었던 것이다.

아래를 내려다보며 나는 보이는 사물에 대해 나름의 해석을 붙여 나갔고, 그 해석이 매우 구체적인 그림을 그려 나가기 시작했다. (나중에야 진실의 절반, 아니 진실의 한 면을 얼핏 본 것에 불과하다는 사실을 깨닫게 되었다)

인간성이 쇠퇴해 가는 시기에 와 있는 듯했다. 나는 일몰의 붉은 하늘을 바라보며 인류의 말로에 대한 생각에 잠겼다. 우리 시대가 벌이고 있는 갖가지 사회적 노력이 예상치 못한 결과를 낳았음을 비로소 깨닫기 시작했다. 생각해 보면 당연한 결과라고 할 수 있겠다. 육체의 힘은 필요에 의해 생긴 소산이며, 따라서 안전은 연약함을 낳기 마련이다. 삶의 조건을 개선하려는 노력, 그것은 우리 삶을 더욱 안전한 것으로 만들어 가는 문명의 과정이다. 그리고 그 노력은 지금까지 꾸준하게 이어져 이제 그 절정에 달해 있다. 자연에 대한 인류의 승리는 쉴 사이 없이 이어졌으며, 단지 꿈에 불과했던 것들이 주도면밀한 계획 아래 추진되고 수행된 결과가 지금 이 미래에 펼쳐져 있는 것이다!

결국 우리 시대의 위생 수준과 농업 수준은 걸음마 단계에 불과한 것이었다. 우리 시대의 과학은 인류를 괴롭히는 많은 질병 중 아주 적은 부분에 대해서만 손을 쓸 수 있는 실정이다. 그러나 과학은 끊임없이 그 영역을 확대해 나갔다. 농업과 원예 기술을 통해 곳곳에 나 있는 잡초를 제거하고, 우리 몸에 유익한 수십 종의 식물을 재배할 수 있게 되었으며, 그 외의 많은 식물도 우리가 재배하는 식물에 방해되지 않으면서도 서로 간에 생존 경쟁을 거쳐 평형을 이룰 수 있게 만들었다. 또 종류가 많지는 않지만 우리가 좋아하는 동식물도 선택적 사육을 통해 점차 품종 개량을 해 나아갔다. 더욱 맛좋은 복숭아와 씨 없는 포도, 더욱 아름답고 더욱 커진 꽃, 또 사육하기 용이한 가축 등을 얻어냈다. 우리는 이들을 아주 서서히 개량해 냈던 것이다. 우리 사고가 아직 불명확하고 가설적인 데에 머물러 있고, 우리의 지식 또한 매우 제한되어 있었기 때문이다. 우리의 서투른 손안에서 대자연은 그 신비를 쉽사리 드러내 보여 주지 않았다. 그러나 언젠가는 우리의 노력이 보다 더 체계화되고 더욱 훌륭하게 바뀔 것이다. 여기저기의 작은 시냇물이 도도하게 흐르는 거대한 물줄기가 될 터이다. 모든 사람들이 높은 교육을 받아 지적인 사람으로 바뀌고, 서로 협동하는 사회가 이루어지리라. 자연의 완전한 정복을 향해 더욱 더 빠르게 나아갈 것이며, 마침내 우리 인류의 필요에 맞춰 현명하고 주의 깊게 동식물의 수효를 조절할 수 있게 될 것이다.

　이러한 조절 과정이 틀림없이 계속되어 왔고, 매우 성공적으로 이루어져 왔을 터이다. 내가 타임머신을 타고 지나온 그 긴 세월 동안 그 조절 과정은 계속되어 왔을 것이다. 공중에는 해충 한 마리 날지 않았고, 땅에는 잡초나 곰팡이를 볼 수 없었다. 여기저기 가득한 것이 과일이요, 아름다운 꽃이었다. 또한 화려한 모습의 나비들이 이곳저곳을 날아다녔다. 예방 의학의 꿈이 이루어진 것이다. 질병은 완전히 박멸되었다. 내가 머무는 동안 전염병이 있다는 징후는 전혀 볼 수 없었다. 그리고 부패 과정도 이러한 변화에 크게 영향을 받았는데, 그것은 나중에 좀 더 자세히 이야기하겠다.

또한 사회적 성과도 빼 놓을 수 없을 것 같다. 사람들은 매우 훌륭한 집에 좋은 옷을 입고 살면서도 전혀 땀 흘려 수고하지 않고 있음을 알 수 있었다. 사회적 혹은 경제적 갈등을 비롯한 어떤 갈등도 보이지 않았다. 상점이나 광고, 교통 등 우리 시대를 이루던 상업적 활동은 모두 사라져 버렸다. 황금빛 가득한 저녁을 맞으며, 이곳이 사회의 낙원이라고 성급하게 결론 내린 것도 어떻게 보면 당연하다고 하겠다. 폭발하는 인구 증가 문제는 이미 해결이 되어 더 이상 인구가 늘지 않으리라고 추측되었다.

그러나 변화가 있으면 그 변화에 대한 필연적 적응이 있기 마련이다. 인간의 지적 능력과 활력의 원인은 대체 무엇일까? 생물학이 오류투성이 학문이 아니라면 그에 대한 정답은 고난과 자유일 것이다. 고난과 자유라는 조건 하에서 능동적이고 강하고 영리한 존재는 살아남는 반면 약한 것들은 도태된다. 이 두 조건이 인간의 끈끈한 유대를 낳고 자기 통제와 인내, 그리고 결단을 낳는 것이다. 가족 제도와 그 제도에서 연유되는 인간의 감정, 다시 말해 격렬한 질투심, 자식을 향한 사랑과 희생 등등, 이 모든 것은 어린 자식들을 절박한 위험에서 보호하려는 필요에서 생겼다. 그렇지만 절박한 위험을 찾아 볼 수 없는 상황이 된다면 이성을 독차지하려는 질투심이나 격렬한 모성애 또는 온갖 종류의 격정과는 관계가 없어진다. 그러한 감정들은 더 이상 필요하지 않게 된다. 오히려 그런 감정은 우리를 불편하고 야만적으로 만들 뿐이며, 세련되고 즐거운 삶과는 조화를 이룰 수 없는 부정적 감정에 불과할 따름인 것이다.

이곳 사람들의 볼품없이 작은 체구와 보잘것없는 지적 능력과 여기저기 널린 거대한 폐허를 떠올리니 이미 자연은 완전히 정복되었을 것이라는 나의 확신도 더욱 강해졌다. 격렬한 투쟁 뒤에는 커다란 고요가 따르는 법. 인류는 얼마 전까지만 해도 강하고 정력적이며 지적이었을 것이며, 그들이 처한 환경을 바꾸기 위해 모든 에너지를 쏟아 부어야 했을 것이다. 그리고 지금의 세계는 새롭게 바뀐 환경이 낳은 결과일 터이다.

완전한 안락과 안전이라는 새로운 상황 아래에서, 넘치던 활력이 연약함으로 바뀌어 간 것 같다. 현재 우리가 사는 시대를 살펴보더라도, 예전에는 생존에 필요한 부분이었지만 이제는 실패의 원인이 되어버린 성향이나 욕망이 있다. 예를 들어, 두려움 없는 용기나 호전성은 더 이상 큰 도움이 되지 않을 뿐만 아니라 오히려 문명인에게는 장애가 된다. 서로의 육체적 힘이 균형을 이루고 또한 안전이 확보된 상태에서는 육체적 힘뿐만 아니라 지적인 힘도 별 효용가치가 없다. 내가 판단컨대, 오랜 세월동안 전쟁의 위험이나 단 한 건의 폭력도 없었던 것 같다. 또 야생동물의 위협도 없고 질병도 없기에 특별한 체력을 지닐 필요도 없고, 또 땀 흘려 노력할 필요도 없었던 모양이다. 우리가 약하다고 칭하는 존재들이 강한 것들과 마찬가지로 잘 적응해서 살아가고 있으므로 그들을 더 이상 약한 존재라고 부를 수 없는 것이다. 오히려 강한 자들이 출구 없는 에너지로 인해 어려움을 겪고, 오히려 약한 이들이 잘 적응하는 존재가 된다. 의심할 여지없이 내가 본 아름다운 건축물은 이제는 의미를 상실해 버린 인류의 활기가 마지막으로 분출된 결과이리라. 그리고 그 활기는 주위의 환경과 완벽한 조화를 이루는 과정 중에서 소멸되었고, 마침내는 최후의 위대한 평화를 낳았으리라. 활기를 안전 속에 가두어두면 그렇게 변해 가는 법이다. 처음에는 예술과 성적 쾌락에 몰두하지만 이내 무기력과 쇠멸이 찾아오게 되는 것이다.

그리고 마침내 예술적 정열마저 사라져 버린다. 바로 내가 목격하고 있던 그 시대야말로 예술적 정열이 거의 죽어버린 시기였다. 꽃으로 몸을 장식하고 햇빛을 받으며 춤추고 노래하는 것만이 마지막으로 남은 예술적 정열의 모습이었고, 그 이상의 것은 찾아 볼 수 없었다. 그나마도 얼마 후에는 사라져 버리게 되리라. 고통과 결핍을 뿜어내는 맷돌 때문에 우리는 갖은 노력을 다 해 왔다. 그런데 끝내 그 지긋지긋한 맷돌이 깨어져 여기에 버려져 있는 것이다.

  나는 점점 어두워지는 산기슭에 서서 이 미래의 세상과 여기에 사는 아름다운 사람들의 비밀에 대해 그렇게 설명을 붙이고 있었다. 그로써 나는 의문을 해결했다고 생각했다. 인구 증가를 막기 위해 고안된 장치는 매우 성공적이었던 모양이다. 인구가 단순히 멈춘데 그치지 않고 오히려 줄었고, 버려진 폐허는 그 때문일 것이다. 나의 설명은 매우 단순했고 그럴 듯했다. 대부분의 잘못된 이론이 그러하듯이!

5

      그곳에 서서 인류가 이루어 놓은 완벽한 승리에 대해 생각하고 있을 때, 노란색의 둥근 보름달이 북서쪽에서 은빛 광채를 발하며 떠올랐다. 저 아래 밝은 옷을 입고 돌아다니던 키 작은 이들의 움직임도 이제는 보이지 않았다. 올빼미가 소리도 없이 날개를 퍼덕이며 날아갔다. 밤의 냉기에 몸이 떨렸다. 나는 아래로 내려가 잠 잘 곳을 찾기로 했다.

  내가 처음으로 보았던 그 건물을 찾아보았다. 그러다가 시선이 청동 받침대 위의 백색 스핑크스에 닿았다. 막 떠오른 달이 점차 밝아짐에 따라 스핑크스는 번쩍이며 빛났다. 또 달빛을 받고 있는 자작나무도 보였다. 서로 어지럽게 얽힌 철쭉나무 수풀이 희미한 달빛 아래 어두운 모습을 드러내고 있었고, 작은 잔디밭도 눈에 들어왔다. 나는 잔디밭을 살펴보았다. 이상한 의심이 들어 마음의 평온함이 흔들렸다.

"아냐. 아까 그 잔디밭이 아냐!"

나는 단호하게 외쳤다.

그러나 그 잔디밭이 틀림 없었다. 문둥병으로 얽은 듯한 스핑크스의 하얀 얼굴이 그곳을 향하고 있었던 것이다. 이 사실을 깨달았을 때 내가 얼마나 놀랐는지 상상할 수 있는 사람이 있을까? 있을 리가 없다. 타임머신이 사라져 버린 것이다!

순간, 내가 사는 시간으로 되돌아 갈 수 없을 것이라는 생각과 함께 낯선 이곳에서 무기력하게 남겨질지 모른다는 생각이 뇌리를 스치고 지나갔다. 이런 생각을 하자 온 몸이 옥죄는 듯한 느낌이 들었다. 목이 눌리고 숨이 멎을 것 같았다. 그리고 잠시 뒤에는 공포에 휩싸였다. 나는 미친 듯 아래로 뛰어 내려갔다. 뛰어 내려가다 앞으로 꼬꾸라져 얼굴에 상처를 입고 말았다. 피를 흘리고 있었지만 상처를 살필 판국이 아니었다. 나는 그냥 아래로 뛰어 내려왔고 피는 뺨을 타고 턱으로 흘렀다. 뛰어 내려오면서 연신 중얼거렸다.

"그 사람들이 조금 옮겨놓았을 거야. 방해가 안 되도록 수풀 아래로 밀어 놓은 거야."

그렇게 나 자신을 위로하면서 온힘을 다해 뛰어갔다. 극도의 두려움 속에 빠졌을 때 가끔 경험하게 되는 그런 확신이 들었다. 하지만 뛰어 내려가는 내내 나는 그런 확신이 어리석은 것임을 알고 있었다. 그리고 내 손이 닿지 않을 곳으로 타임머신이 옮겨졌음을 본능적으로 깨달았다. 숨이 넘어갈 듯 고통스러웠다. 젊지도 않은 내가 언덕 꼭대기에서 잔디밭까지 대략 2마일* 거리를 10분만에 뛰어 내려왔다. 뛰면서 무엇을 믿고 멍청하게 타임머신을 그 자리에 놔두었냐고 내 자신에게 욕을 해댔다. 그 바람에 숨이 더욱 차올랐다. 소리를 질러댔지만 대답하는 사람은 없었다. 달빛에 잠긴 세상은 아무 기척도 없었다.

잔디밭으로 내려선 나는 그 두려운 현실을 확인할 수 있었다. 아무 자취도 보이지 않았다. 어지럽게 얽힌 어두운 수풀 가운데, 휑하니 빈 그곳을 바라보자 현기증과 오한이 느껴졌다. 혹시 구석에라도 숨겨져 있을지 모른다는 생각에 미친 듯이 그 주변을 찾아다녔다. 그러다가 우뚝 멈춰 서서 머리카락을 쥐어뜯었다. 내 위쪽에는 스핑크스가 청동 받침대에 앉아 있었다. 떠오르는 달빛을 받아 하얗게 빛났고 나병 환자처럼 얽어 있었다. 스핑크스가 내 꼬락서니를 비웃는 것 같았다.

키 작은 사람들이 육체적으로나 지적으로 타임머신을 옮기기에 부적합하다는 점을 확신하고 있지 않았더라면 그들이 타임머신을 적당한 장소로 옮겨 놓았으리라고 스스로를 위로할 수

---

*약 3킬로미터

도 있었을 것이다. 그러나 나를 당혹하게 만든 것은 바로 그 점이었다. 지금까지 알아차리지 못한 어떤 힘이, 그 힘이 타임머신을 사라지게 했으리라는 생각이 나를 당혹스럽게 만들었던 것이다. 한 가지만은 확실했다. 다른 누군가가 똑같은 모양의 타임머신을 만들어 놓지 않은 이상, 시간 이동은 하지 못할 것이라는 확신이었다. 레버를 분리해 어느 누구도 조종할 수 없게 해 놓았던 것이다. 레버를 빼내 3차원 공간 안에 숨겨 놓았는데 타임머신이 어디로 갈 수 있겠는가?

당시의 나는 거의 반미치광이 상태였던 것 같다. 스핑크스 주변의 수풀을 미친 듯이 뛰어다녔던 것과 또 그 바람에 하얀 색의 어떤 동물을 놀라게 한 일이 기억난다. 희미한 달빛 밖에 없었으므로 나는 그 동물을 작은 사슴이라고 생각했다. 또 한밤중에 꽉 움켜진 주먹으로 수풀을 휘저으며 돌아다닌 일과 잘린 나뭇가지에 손등이 찢겨 피가 났던 일이 기억난다. 마음의 고통으로 흐느끼기도 하고, 또 소리를 지르기도 하면서 나는 돌로 지어진 거대한 건물을 향해 다가갔다. 커다란 홀은 어둠에 덮여 고요했고, 어느 누구도 보이지 않았다. 고르지 못한 바닥에 걸려 미끄러진 나는 공작석* 탁자 위로 넘어졌고, 그 바람에 하마터면 정강이뼈가 부러질 뻔했다. 나는 성냥에 불을 붙이고 아까 말한 커튼, 먼지가 겹겹이 쌓인 그 커튼을 젖히고 안으로 들어갔다.

---

*공작 꼬리 같은 무늬가 들어 있는 녹색 돌

안으로 들어가자 방석이 가득한 두 번째 홀이 나타났다. 20여명의 작은 사람들이 잠을 자고 있었다. 분명 그들은 다시 나타난 나를 보고 한층 이상하다고 여겼을 것이다. 갑자기 어둠 속에서 알아들을 수 없는 소리를 지르면서 손에는 지글지글 타는 성냥불을 들고 들어섰으니 말이다. 그들에게 성냥이란 이미 오래 전에 사라져 버린 물건이었다.

"타임머신 어디 있어!"

나는 화난 어린아이처럼 마구 고함을 지르며 그들을 흔들어 깨우기 시작했다. 분명 그들로서는 내가 몹시 괴상하게 보였으리라. 어떤 이는 큰 소리로 웃기도 했지만 대부분의 사람들은 몹시 놀란 듯했다. 그들이 내 주위를 둘러싸고 서 있는 모습을 보고서야 참으로 어리석은 행동을 했구나 하고 깨달을 수 있었다. 그들이 이미 상실해 버린 공포란 감정을 불러일으킬 판이었으니 말이다.

나는 성냥을 내던지고 밖으로 뛰어 나갔다. 그 와중에 한 명과 부딪혀 그를 쓰러뜨리고 말았다. 식사를 했던 넓은 홀을 지날 때는 여기저기 부딪히기까지 했다. 그렇게 달빛으로 가득한 바깥으로 나왔다. 안에서는 두려움에 내지르는 소리와 작은 발로 이리저리 뛰어다니는 소리, 넘어지는 소리 등이 들렸다. 그때 달은 중천에 떠올라 있었다. 바깥에 나온 다음에 내가 무엇을 했는지는 잘 기억나지 않는다. 전혀 예상치 못한 상실로 인해 나는 거의 돌아 버릴 지경이 되었던 것 같다. 아무 희망도 없이, 내가 살던 세상으로부터 완전히 단절 당한 느낌이었다. 낯선 세상 안에 남겨진 이상한 동물 처지가 된 것이다. 하느님에게, 또 운명의 신에게 고래고래 소리 지르면서 여기저기에 대고 고함을 질렀던 모양이다.

절망으로 길게만 느껴졌던 그날 밤이 서서히 끝나려 하고 있었다. 극도의 피로감이 몰려들던 기억이 난다. 또 절망감에 망연히 이곳저곳을 바라보던 일, 달빛을 받고 있는 폐허더미를 더듬거리다가 어둠 속에서 이상한 동물을 만지게 되었던 일 등이 떠오른다. 그리고 마침내 스핑크스 근처 바닥에 드러누워 억제할 수 없는 괴로움에 통곡하던 일도 기억난다. 참담하기만 했다. 그러다가 잠이 들었다. 깨어나 보니 완전히 날이 밝아 있었다. 참새 한 쌍이 내 바로 옆 잔디 위에서 뛰어 놀고 있었다. 손을 뻗으면 닿을 정도의 거리였다.

아침의 상쾌함에 잠을 깬 나는 자리를 털고 일어나 앉았다. 그러고는 어떻게 이곳으로 오게 되었는지 생각을 더듬어갔다. 왜 그토록 심한 황폐감과 절망감을 느꼈던 것일까? 그러자 모든 것이 기억 속에서 선명하게 다가왔다. 밝은 아침의 햇살을 받자 나는 내가 처한 상황을 객관적으로 바라볼 수 있게 되었다. 지난 밤 미친 듯 날뛰었던 일이 확연하게 떠올랐고, 이제는 차분하게 사고할 수도 있었다.

'최악의 경우를 한번 생각해 보자. 타임머신을 찾지 못하게 되면, 아니 완전히 파괴됐다고 가정한다면 어떻게 해야 할까?

먼저 침착하고 끈기 있게 대처해 나가야 한다. 이곳 사람들이 살아가는 방식을 배워야겠지. 또 타임머신을 만드는 방법을 다시 기억해 낸 다음, 재료와 연장을 마련할 방도를 찾아 봐야 해. 그리고 그걸로 타임머신을 새로 만드는 거야.'

최악의 경우, 그것만이 유일한 희망이었다. 절망하고 있는 것보다는 낫지 않은가. 그리고 어쨌든 나를 둘러싸고 있는 이 세계는 아주 아름답고도 호기심을 자극하는 세계였다.

타임머신은 단지 다른 곳으로 옮겨지기만 한 것 같았다. 그러니 침착하고 끈기 있게 대처해 나가야 할 터였다. 우선 타임머신을 숨겨 놓은 장소를 알아내고, 완력을 쓰던가 아니면 기지를 발휘하든가 하여 되찾아야 한다. 이런 생각으로 마음을 다잡고 자리에서 일어나 주위를 살폈다. 목욕할 곳을 찾았던 것이다. 피곤함으로 몸이 굳어 버린 것 같았고, 긴 여행으로 인해 더러워져 있기도 했다. 그러던 차에 상쾌한 아침을 맞고 보니 깨끗하게 씻고 싶다는 욕구가 생겼던 것이다. 어제의 지나친 걱정으로 인해 지친 상태였다. 간밤의 격렬한 감정을 떠올리니 새삼 왜 그랬을까 하는 생각이 들었다. 작은 잔디밭 근처의 바닥을 세심하게 살펴보았다. 마침 그 근처를 지나는 키 작은 사람들에게 무언가 물어보려고 했지만 소용이 없었다. 그들은 내 몸짓을 이해하지 못 했다. 어떤 사람들은 무감각하게 별 반응을 보이지 않았고, 또 어떤 이들은 내가 무슨 광대 짓이라도 하는 줄 알았는지 낄낄거리며 웃어댔다. 그들의 얼굴을 후려갈기고 싶은 욕망을 참기 어려웠다. 물론 어리석은 충동이었지만 공포와 맹목적 분노에 사로잡힌 사람으로서는 제어하기 힘든 충동이기도 했다. 특히 나처럼 당혹스러운 처지에 빠져 있는 경우에는 더욱 그러했다. 그들에게 물어 보니 잔디밭을 살피는 편이 나을 것 같았다. 잔디밭 위에 홈이 팬 것을 찾아낼 수 있었다. 그것은 스핑크스 받침대와 내 발자국 사이 중간쯤 위치였다. 여기 도착하던 날, 쓰러진 타임머신을 바로 세우려고 애를 쓰던 중에 파인 그 발자국 말이다. 그 외에 타임머신을 옮긴 다른 흔적도 있었다. 나무늘보의 발자국처럼 폭이 좁게 생긴 이상한 발자국이었다. 자연히 내 주의는 받침대에 쏠리게 되었다. 전에 말했지만, 받침대는 청동으로 되어 있었다. 그냥 한 덩어리로 이루어진 것이 아니라 네 개의 면에 틀을 짜 놓고 거기에 판을 깊이 끼워 넣은, 매우 정교하게 치장된 것이었다. 나는 그곳으로 다가가 받침대를 두드려 보았다. 받침대 안은 텅 비어 있는 것 같았다. 판을 자세히 살펴보니 판과 틀 사이에 간격이 있음을 알 수 있었다. 문고리나 열쇠구멍 같은 것은 없었지만 판이 문일 가능성은 있었다. 만일 문이라면 안으로 열리는 문일 것이다. 이제 한 가지는 확실해졌다. 타임머신은 바로 저 받침대 안으로 옮겨졌을 것이다. 하지만 어떻게 그곳으로 옮겨진 것인지는 여전히 알 수가 없었다.

 그때 오렌지색 옷을 입은 두 사람이 수풀을 지나 꽃으로 뒤덮인 사과나무 아래까지 오는 것이 보였다. 그들에게 미소를 지어 보이며 이쪽으로 오라고 손짓했다. 그들이 다가오자 나는 스핑크스 받침대를 가리키며 그것을 열고 싶다는 뜻을 전달해 보려 했다. 그러나 받침대를 가리키는 것을 본 그들은 아주 이상하게 행동하기 시작했다. 그들의 표정을 어떻게 묘사해야 할 지 모르겠다. 마음이 아주 여린 여성 앞에서 천박한 몸짓을 해 보였을 때 여자가 지었을 표정을 상상할 수 있다면 그것이 바로 그들의 표정이라 하겠다. 그들은 도저히 참을 수 없는 모욕을 당했다는 듯 황급히 가버렸다. 이번에는 상냥해 보이는 젊은이에게 똑같은 몸짓을 해 보였는데, 결과는 마찬가지였다. 그런 태도를 대하고 보니 어쩐지 내 자신에 대해 알 수 없는 수치심 같은 것마저 느껴졌다. 그렇지만 타임머신을 찾아야만 하는 나는 다시 한번 시도해 보았다. 하지만 다른 사람과 마찬가지로 그 또한 가 버리려 하자 나는 그만 이성을 잃고 말았다. 단숨에 그를 뒤쫓아 가서는 멱살을 잡아 스핑크스 쪽으로 끌고 가기 시작했다. 그러자 그의 얼굴이 공포와 혐오로 일그러지기 시작했다. 그쯤 되고 보니 나는 어쩔 수 없이 그를 놓아 주어야만 했다.

하지만 포기할 수는 없었다. 주먹으로 청동 판을 쳐댔다. 무언가가 안에서 움직이는 듯한 소리가 났다. 좀 더 정확히 말하자면 낄낄거리며 웃는 소리였다. 분명 잘 못 들은 것이리라. 강가로 가서 커다란 돌을 가져와 판을 두드리기 시작했다. 소용돌이 모양의 장식물이 납작해지고 푸른 녹이 가루가 되어 떨어지도록 두드려댔다. 양손을 번갈아 가며 두드리는 그 소리는 1마일* 밖에 있던 작은 사람들의 섬세한 귀에까지 들렸을 것이다. 하지만 아무 소용이 없었다. 수많은 사람들이 비탈에 모여 살며시 나를 엿보는 모습을 발견했을 따름이다. 마침내 더위와 피곤에 지친 나는 자리에 앉아 물끄러미 받침대를 바라보기만 했다. 그러나 그저 바라보고만 있기에는 내 마음이 너무 초조했다. 나는 오랜 시간 명상에는 익숙하지 않은 서양 사람이다. 여러 해 동안 한 가지 문제를 가지고 씨름할 수는 있지만 아무것도 하지 않고 24시간을 기다리라고 하면 그것은 전혀 다른 이야기가 된다.

잠시 후 자리를 박차고 일어난 나는 수풀을 지나 다시 언덕 쪽으로 아무 목적 없이 걷기 시작했다.

'인내심을 갖자. 타임머신을 찾기 원한다면 스핑크스를 그냥 놔두어야 해. 만일 타임머신을 빼앗기 위해 가져간 거라면 청동 판을 부숴 봤자 아무 도움도 되지 않을 테고, 또 빼앗을 의도가 없다면 내가 돌려달라고 하면 돌려줄 테니까 말이야. 이런 문제를 앞에 두고 쓸데없는 일로 씨름하는 건 아무 소용도 없어. 그건 편집광이나 하는 짓이야. 이 세상을 제대로 살펴보자. 그래서 이곳의 모든 사정을 알아 두자. 하지만 성급하게 판단해서는 안 돼. 그러다 보면 마침내 단서를 찾을 수 있을 거야.'

---

*약 1.6킬로미터

그때 갑자기 이런 상황에 처한 내 자신이 좀 우스워졌다. 미래로 가기 위해 수많은 세월을 서재에 틀어박혀 힘들게 연구했건만, 이제는 그토록 오고 싶어 했던 이곳에서 빠져나가려고 이처럼 안달하고 있다. 세상에서 가장 빠져 나오기 힘들면서도 가장 복잡한 함정을 만들어 놓고 말았다. 내가 파놓은 함정에 내가 빠져 헤어 나오지 못하다니! 나는 껄껄대며 웃었다.

큰 건물로 다시 들어서자 사람들이 나를 피하는 듯했다. 단순히 내 느낌일 수도 있고, 아까 청동 문을 돌로 두드렸기 때문일 수도 있었다. 그러나 나는 그들이 피하는 모습에 그리 크게 개의치 않았다. 오히려 나는 일부러 그들에게는 별 관심이 없는 척 행동했다. 그렇게 하루 이틀이 지나자 모든 것이 전처럼 회복되었다. 그들의 말도 좀 배울 수 있었고, 또 이곳저곳 살펴볼 수도 있었다. 그들의 언어는 아주 단순했다. 정교한 부분이 있는데도 내가 제대로 파악해내지 못 했을 가능성도 물론 있다. 그러나 그들의 말은 오로지 사물을 가리키는 구체적인 명사와 또 행동을 지시하는 동사로만 되어 있었다. 추상적인 단어는 거의 없는 듯했고, 상징적인 표현도 거의 사용하지 않았다. 문장은 대개 두 단어로 이루어진 간단한 것이었다. 아주 간단한 의미만을 전할 수 있을 뿐, 서로 간의 복잡한 의사소통은 이루어낼 수 없었다. 때문에 타임머신에 대한 생각과 청동 문에 대한 의문은 마음 한 구석에 접어두어야 했다. 그들 언어에 대한 지식이 충분히 쌓이면 그때 자연스럽게 끄집어 내리라고 생각했던 것이다. 하지만 그곳에서 멀리 벗어나 딴 곳으로 가 볼 생각은 들지 않았다.

내가 둘러본 바로는 다른 곳도 템스 강 유역과 마찬가지로 풍요로움이 가득 했다. 언덕에 올라서면 한결같이 보이는 곳곳에 서 있는 멋진 건물들, 그것도 매우 다양한 건축자재와 갖가지 형태로 된 건물들이었다. 또 빽빽하게 들어선 푸른 수풀, 그리고 꽃을 활짝 피운 나무와 목생 양치류들이었다. 곳곳에 강이며 호수가 은빛으로 빛났고, 그 너머로 굽이치듯 솟아난 언덕들이 저 멀리 가물거리며 고요한 하늘 속으로 사라져갔다. 그 가운데 나의 시선을 끄는 특이한 것이 있었다. 그것은 원형으로 된 여러 개의 우물로, 아주 깊어 보였다. 그 중 하나는 내가 지난번에 처음으로 올라간 언덕길에 자리 잡고 있었다. 다른 우물과 마찬가지로 청동으로 테두리가 쳐져 있고 비를 막기 위한 돔 모양의 지붕이 얹혀 있는, 특이하게 생긴 우물이었다. 여러 번 그 옆에 앉아 어둠이 가득한 우물 속을 내려다보았지만 우물물이 보내는 어렴풋한 빛조차 볼 수가 없었다. 성냥불을 켜 보아도 아래에서 반사되는 빛은 보이지 않았다. 그러나 저 아래에서 분명 어떤 소리가 올라오고 있었다.

쿠웅— 쿠웅— 쿠웅—

그것은 거대한 엔진이 돌아가는 소리 같았다. 그리고 우물 밑으로 끊임없이 공기가 흘러 들어가고 있음도 켜 놓은 성냥불을 통해 알 수 있었다. 뿐만 아니라 종잇조각을 우물에 던져 넣어 보니 종이가 팔랑거리며 서서히 떨어지지 않고 빨려들 듯 눈앞에서 사라지는 것이었다.

얼마 후 나는 우물이 비탈길 여기저기 서 있는 높다란 탑과 관련이 있다고 결론 내리게 되었다. 더운 날 햇볕이 내리쪼이는 해변에서 볼 수 있는 아지랑이를 탑 주위에서 자주 볼 수 있었기 때문이다. 이런 사실들을 종합해 볼 때, 지하에 거대한 통풍 시설이 있으리라고 예상할 수 있었다. 하지만 왜 그런 시설을 지하에 마련해 놓았는지, 그 이유를 알 수가 없었다. 처음에는 이곳 사람들의 위생 설비일 것이라고 생각했다. 그럴듯한 생각이었지만, 완전히 잘못된 것이었다.

내가 미래 세계에 머무는 동안에 하수 시설이나 운송 수단 같은 각종 문명의 이기에 대해 별로 알아낸 바가 없음을 이 자리에서 인정하지 않을 수 없다. 유토피아나 미래 세계를 다룬 책들을 보면 건물이나 사회 제도 등에 대한 아주 상세한 설명을 읽을 수 있다. 상상 속의 세계에서는 그런 정보를 쉽게 얻어 낼 수 있겠지만 나처럼 실제로 미래 세계를 여행한 사람으로서는 그러한 내용을 알아내기가 아주 어려웠다. 예를 들어 중앙 아프리카 오지의 원주민이 영국에 왔다가 자기 고장으로 되돌아가 영국에 대해 원주민들에게 말해 준다고 상상해 보라. 철도 회사나 사회 운동, 또 전화와 전신, 택배 회사, 우편 업무 등등, 이 모든 것을 그가 이해할 수 있을까? 그나마 우리 영국 사람들은 그에게 기꺼이 그 모든 것에 대해 설명해 주려 할 것 아닌가. 그 원주민은 이해한다고 쳐도, 영국에 와보지 않은 그의 동료들을 이해시키고 믿게 만드는 일은 또 얼마나 어렵겠는가. 원주민과 백인 사이에는 그다지 큰 차이가 없는 반면 미래의 낙원에 살고 있는 키 작은 사람들과 나 사이에는 엄청난 차이점이 있음을 생각해 보라.

장례 문제를 예로 들어보자. 그곳에서는 화장터나 묘지 등을 전혀 볼 수 없었다. 하지만 나는 어딘가에 묘지(또는 화장터)가 있으리라고 생각했다. 이 문제에 대해 골똘히 궁리해 봤지만 당시에는 뾰족한 답을 내지 못 했다. 이런 문제도 해결할 수 없는 판국에 더더욱 나를 어리둥절하게 만드는 문제에 부딪혀야 했다. 그것은 그들 가운데에는 나이든 사람이나 병약한 사람이 전혀 없다는 점이었다.

위에서 내가 폈던 주장, 즉 이곳 문명은 자동화되었고 그에 따라 인류는 퇴화되어 지금에 이르렀다는 생각은 그다지 오래 가지 못 했다. 그러나 다른 설명은 떠오르지 않았다. 내가 곤란함을 느꼈던 점을 말해 보겠다. 내가 살펴본 거대한 건물은 단순히 주거용이거나 식당, 또는 잠자리를 위한 공간이었다. 어떤 기계류나 설비도 보이지 않았다. 그런데도 사람들은 좋은 옷을 입고 있었다. 그렇게 하려면 자주 새로 옷을 해 입어야 할 터였다. 거기에 장식은 없지만 매우 정교한 금속 세공 솜씨가 엿보이는 샌들도 신고 있었다. 하늘에서 떨어진 것이 아니라면 도대체 저 물건들은 어떻게 만들어졌단 말인가. 그런데 키 작은 이곳 사람들은 무언가를 만드는 흔적이 전혀 보이지 않았다. 가게도 작업장도 보이지 않았다. 그렇다고 외부에서 물건을 들여오는 징후도 볼 수 없었다. 그들은 그저 하루 종일 빈둥거리며 놀기만 했다. 강가에서 멱을 감거나, 장난을 치듯 서로 사랑을 하거나, 과일을 먹고 잠을 자거나 할 따름이었다. 대체 어떻게 그런 생활이 유지될 수 있는지 이해할 수가 없었다.

다시 타임머신으로 이야기를 돌리자. 정체 모를 무언가가 하얀 스핑크스의 받침대 안으로 타임머신을 이동시켰다. 도대체 왜 그랬을까? 도저히 알 수가 없었다. 물 없는 우물과 아지랑이를 피워 올리는 탑도 이해할 수가 없었다. 도무지 종잡을 수가 없다. 그 기분을 어떻게 표현하면 좋을까? 예를 들어, 곳곳에 쉬운 영어 문장이 새겨져 있다고 생각해 보자. 그런데 그 중간 중간에 누군가가 새롭게 만들어 놓은 전혀 알 수 없는 단어나 글자가 들어 있다면 어떨까? 미래 세계에 도착해서 사흘째 되는 날 서기 80만 2701년의 세계 앞에서 느꼈던 감정이 바로 그런 것이었다!

나는 그날 친구를 한 명 사귀게 되었다 — 친구라고 할 수 있을 것 같다. 키 작은 사람들이 얕은 물가에서 멱을 감는 모습을 바라보고 있을 때였다. 몸에 쥐가 난 여자가 아래쪽으로 떠내려가기 시작했다. 강 중앙의 물살은 비교적 센 편이긴 했지만 웬만큼 수영을 할 수 있는 사람이라면 별 어려움을 느끼지 않을 정도였다. 그런데 바로 눈앞에서 허우적거리며 무기력하게 울부짖는 사람을 두고서도 아무도 구하려 들지 않았다. 그들에게는 도저히 이해할 수 없는 커다란 결함이 있었던 것이다. 허우적거리는 그 여자를 본 나는 급히 옷을 벗고 아래쪽으로 헤엄쳐 내려가서는 뭍으로 안전하게 데리고 나왔다. 팔다리를 주무르자 기운을 되찾았다. 완전히 회복된 그 여자를 보고 다행이라 여기면서 그 자리를 떠났다. 나는 그들 종족에 대해 그리 높지 않은 평가를 내리고 있었기에 그 일로 감사의 말을 들으리라고는 기대하지 않았다. 하지만 그런 내 생각은 잘못된 것이었다.

  물가에서의 소동은 아침에 있었는데, 오후에 다시 그 여자를 만나게 되었다. 그때 나는 그날 하루의 탐험을 마치고 내 숙소로 가는 중이었다. 그녀는 반가움에 크게 소리를 지르며 커다란 화환을 내게 내밀었다. 분명 나를 위해 일부러 만든 것이었다. 그 행동은 내 마음을 사로잡았다. 아마 그 동안 내가 몹시 외로웠던 모양이다. 어쨌든 나는 최대한 감사의 표시를 보이고자 노력했다. 곧 우리 둘은 돌로 지은 작은 정자에 앉아 대화를 나누게 되었다. 얼굴에 미소를 지어 보이는 것이 우리의 주요 대화였다. 어린아이의 순진함에 마음이 빼앗기듯이 나는 스스럼없이 대하는 그녀의 태도에 마음이 흔들렸다. 우리는 서로 꽃을 내밀었고 그녀는 내 손에 입을 맞추었다. 나도 그녀의 손에 입을 맞추어 주었다. 그녀와 말을 나누려고 시도했고 금방 그녀의 이름이 위나라는 것을 알아냈다. 그 이름이 어떤 의미를 갖고 있는지는 몰랐지만 그녀에게 어울리는 이름이라고 느껴졌다. 이렇게 그녀와의 기묘한 우정이 시작되었다. 우리의 우정은 1주일 동안 지속되었고, 그리고 거기에서 끝이 났다. 이 이야기는 앞으로 차차 하도록 하겠다.

그녀는 진짜 어린아이 같았다. 항상 내 곁에만 붙어 있으려 했고, 내가 가는 곳마다 따라오려고 했다. 다음 탐험에 나섰을 때에는 내 걸음을 따라오지 못 하고 지쳐 쓰러지고 말았다. 그래서 나는 그녀를 남겨둔 채로 홀로 떠날 수밖에 없었다. 지친 목소리로 애처롭게 나를 불러댔지만 어쩔 수가 없었다. 빨리 이 미래 세계에 관한 비밀을 알아내야 했기 때문이다. 어린아이와 연애나 하려고 미래 세계에 온 것이 아니라고 스스로에게 다짐을 했다. 하지만 홀로 남겨 두려 하자 그녀가 보이는 슬픔은 굉장했다. 같이 데려가 달라고 사정하는 그녀의 애원은 거의 광적이었다. 나에게 애착을 보이는 그녀에게서 위안도 받았지만 사실 곤란함도 느꼈다. 어쨌든 그녀는 내게 크나큰 위안이 되었다. 나에게 이토록 매달리는 것은 단지 어린아이들이 갖는 애착 같은 것이라고 생각했다. 내가 그녀를 떼어놓는 것이 어떤 고통을 안겨 주는지 그때는 잘 이해하지 못했다. 그리고 그녀가 내게 어떤 존재인가도 제대로 인식하지 못하고 있었다. 그녀가 나를 좋아하고 있다고 어설프고 연약한 몸짓으로 말할 때면 하루의 탐험을 끝내고 돌아온 나는 마치 고향에라도 돌아온 듯한 기분이 들었다. 또 언덕을 넘어 이곳을 향해 돌아올 때면 먼저 그녀의 모습을 찾고는 했다.

아직 공포라는 감정이 완전히 소멸되지 않았음도 그녀를 통해 알게 되었다. 낮에는 겁을 전혀 내지 않았고 나에 대해서도 이상하리만큼 강한 믿음을 보였다. 한번은 장난을 치다가 내가 위협적인 표정을 지어 보였는데도 그저 깔깔대며 웃을 뿐이었다. 하지만 어둠과 검은 그림자를 몹시 무서워했다. 검은 것을 두려워했던 것이다. 그녀에게는 어둠이 유일한 두려움의 대상이었다. 매우 격렬한 감정이었기 때문에 나는 의아하게 생각하면서도 주의 깊게 살펴보았다. 그럼으로써 나는 한 가지 사실을 발견하게 되었다. 그들은 밤이 되면 커다란 집에 모여 같이 잠을 잔다는 사실이었다. 불을 켜지 않고 불쑥 들어가면 두려움으로 난리가 났다. 밤이 되면 문 밖으로는 아무도 나오지 않고, 안에서도 한 쪽에 홀로 떨어져 자는 적이 절대 없었다. 하지만 바보처럼 나는 공포의 이유를 알아차리지 못 하고 있었다. 또 위나가 불안해하는 데도 나는 고집스럽게 무리에서 떨어져 혼자 잠을 잤다. 위나는 그것 때문에 몹시 힘들어 했다. 하지만 마침내 나에 대한 그녀의 애착은 그 두려움마저 물리쳤다. 마지막 밤을 포함한 다섯 밤을 위나는 내 팔을 베고 잠을 잤던 것이다.

위나에 대한 얘기를 하느라 이야기가 크게 빗나간 것 같다. 위나를 구해내던 날 바로 전날 밤이었다. 나는 새벽녘에 잠에서 깨었다. 제대로 잠을 못 자고 아주 기분 나쁜 꿈을 꾸었던 것이다. 나는 물에 빠져 있었고, 말미잘의 미끈거리는 촉수가 얼굴을 훑는 꿈이었다. 나는 깜짝 놀라 잠에서 깼다. 그 순간 희끄무레한 짐승이 막 방을 뛰쳐나간 듯한 느낌이 들었다. 다시 잠을 청하려 했지만 불안한 느낌이 들었다. 모든 사물이 색깔을 잃고 그 형체만 선명하게 드러내고 있어서 마치 실존하지 않는 것처럼 보였다. 자리에서 일어나 넓은 홀로 나갔다가 다시 돌이 깔려 있는 건물 앞으로 나왔다. 잠을 이루지 못하고 뒤척일 바에는 해돋이라도 보는 편이 나을 것 같다는 생각에서였다.

달은 서쪽으로 몸을 숨기려 하고 있었다. 약해지는 달빛과 새벽 여명이 뒤섞여 왠지 으스스하고 어슴푸레한 빛을 냈다. 수풀은 검은 잉크를 부어놓은 듯 짙은 어둠에 파묻혀 있었다. 그리고 땅은 칙칙한 회색이었고, 하늘은 아무 색깔도 띠지 못한 채 생기를 잃은 모습이었다. 언덕 위에는 유령들이 보이는 듯했다. 비탈을 위아래로 훑어보는데 몇 번인가 허연 물체가 눈에 들어왔다. 허연 몸에 고릴라처럼 생긴 것이 언덕 위로 빠르게 뛰어 올라가는 것을 두어 번 보았고, 또 폐허더미 근처에서 시커먼 무언가를 운반하는 것을 한차례 보았다. 그들은 재빨리 움직였다. 그 뒤에 그들이 어디로 갔는지는 알 수가 없었다. 수풀 가운데서 갑자기 사라진 것 같았다. 아직 주위가 희끄무레해서 확실하게 보이지 않았던 것이다. 등골이 오싹했다. 이른 아침이면 누구나 느낄 수 있는 그런 오싹함이었다. 내가 무언가 잘 못 본 것이라고 생각했다.

동녘이 차차 밝아왔다. 점점 주변이 빛으로 차 오자 온 세상은 다시 한번 선명한 색조로 물들기 시작했다. 나는 두 눈을 크게 뜨고 세밀하게 관찰해 보았다. 하지만 허연 것들의 흔적은 전혀 볼 수 없었다. 새벽 어스름이 지어낸 허깨비였던 것이다.

'유령이 틀림없어. 그런데 어느 시대에 죽은 사람들의 유령일까?'

그랜트 앨런의 재미있는 주장이 떠올랐다. 만일 각 세대마다 죽어서 유령으로 남는다면 결국 온 세상은 그들로 덮여 버릴 것이라는 주장이었다. 그의 주장이 옳다면 지난 80만년 동안 유령의 수효는 엄청나게 불었으리라. 그러니 한 번에 유령을 넷이나 보았다고 한들 그리 놀랄 일도 아니다. 하지만 이런 농담도 별 소용이 없었다. 아침 내내 이상한 형상을 한 그들이 머리를 떠나지 않았다. 한참이 지나서야 위나 덕분에 그 생각에서 벗어날 수 있었다. 지난번에 미친 듯이 타임머신을 찾다가 놀라게 만들었던 하얀 동물과 관련 지어 생각해 보기도 했다. 하지만 그런 생각보다는 위나와 어울리는 것이 더 즐거운 일이었다. 어쨌든 얼마 후에 나는 그 존재들 때문에 마음의 괴로움을 맛보게 된다.

미래의 기온이 지금보다 훨씬 높다는 것은 지난번에도 이야기한 바 있다. 이유는 알 수 없다. 태양이 더 뜨거워졌을 수도 있고, 아니면 지구가 태양에 더 가까워진 탓일 수도 있다. 대부분의 사람들은 태양이 앞으로 점점 식어갈 것이라고 생각한다. 하지만 젊은 다윈*의 이론을 잘 모르는 사람들은 행성들이 끝내는 그 행성들을 거느린 항성을 향해 하나둘씩 빨려 들어갈 것이라는 사실을 모른다. 그러한 일이 일어나면 새로운 에너지를 얻은 태양은 더욱 뜨겁게 빛날 것이다. 그렇게 지구보다 태양에 가까이 있던 어떤 행성이 벌써 빨려 들어갔는지도 모른다. 이유야 어쨌든 간에 태양은 지금보다 훨씬 뜨거웠다.

몹시 무더운 어느 날 아침이었다. 아마 나흘째 되던 날로 기억한다. 더위와 따가운 햇살을 피해 내가 머물던 건물 옆의 거대한 폐허 안으로 들어갔다. 그리고 그 안에서 이상한 일이 일어났다. 무너져 내린 벽돌더미 위로 올라가자 비좁은 복도가 나타났다. 한쪽 끝과 양옆의 창문은 무너져 내린 돌들로 막혀 있었다. 처음에는 눈부신 햇살로 인해 안쪽은 칠흑처럼 캄캄해 보였다. 나는 더듬더듬 안으로 들어가 보았다. 밖에서 안으로 갑자기 들어선 탓에 눈앞에는 색색의 반점들만 어른거렸다. 갑자기 나는 홀린 듯 그 자리에 멈춰서고 말았다. 바깥의 빛을 받아 번쩍이는 두 눈이 어둠 속에서 나를 응시하고 있었기 때문이다.

맹수에 대한 본능적 두려움이 몰려왔다. 나는 두 주먹을 불끈 쥐고 번쩍이는 두 눈을 노려보았다. 등을 돌리고 도망가기에도 겁이 났다. 그때, 이곳에서는 사람들이 별다른 위험 없이

---

*영국의 천문학자 조지 다윈

안전하게 지내고 있다는 점을 떠올렸다. 나까지 그들처럼 이유 없이 어둠을 두려워한다면 우습지 않은가? 그런 생각으로 나는 두려움을 진정시키려 했다. 두려움이 어느 정도 가라앉자 나는 한 발자국 앞으로 다가가서 말을 걸어 보았다. 그런데 목에 뭐가 걸린 것처럼 듣기에 거북한 목소리를 내고 말았다. 내가 손을 뻗자 무언가 북슬북슬한 털 같은 것이 손에 닿았다. 그러자 갑자기 나를 바라보던 두 눈이 급히 옆으로 움직였다. 허연 것이 쏜살처럼 옆으로 빠져나갔다. 혼비백산하여 뒤를 돌아보자 작은 원숭이처럼 생긴 기묘한 모양의 존재가 고개를 깊게 숙인 괴상한 자세로 해가 내리쪼이는 밖으로 달려 나갔다. 달려가다가 화강암 덩어리에 부딪혀 잠시 휘청거리더니 이내 부근 벽돌더미 밑으로 사라져 버렸다.

모든 것을 확실히 보지는 못 했지만, 몸 색깔은 탁한 느낌의 흰색이라는 것과 눈은 잿빛 감도는 붉은색이었다는 점. 또 머리와 등 뒤에는 담황색 털이 덮여 있다는 것 등은 알 수 있었다. 하지만 너무 순식간의 일이라 분명히 볼 수는 없었다. 실은 네 발로 달렸는지 아니며 팔을 앞으로 늘어뜨리고 달린 것인지조차 확실하지 않았다. 잠시 후 정신을 차린 나는 그것을 따라 두 번째 폐허더미 속으로 들어갔다. 처음에는 몰랐지만 얼마쯤 헤매다보니 무너진 기둥에 반쯤 막힌 우물 모양 구멍을 발견할 수 있었다. 이런 우물이 여럿 있다는 것은 전에 말한 바 있다. 그때 그 괴물이 우물을 타고 아래로 내려간 것일지도 모른다는 생각이 불현듯 들었다. 성냥불을 켜고 아래를 내려다보았다. 작은 체구의 허연 것이 크고 번쩍이는 눈으로 나를 계속 쳐다보면서 밑으로 달아나고 있었다. 온몸에 전율이 일어났다. 거미인간 같았다! 우물을 타고 내려가고 있는 것이었다. 그제야 우물 안에 손과 발을 걸칠 수 있는 금속 돌출물이 있고, 그것이 일종의 사다리 노릇을 하고 있음을 깨달았다. 뜨거워진 성냥불을 놓자 아래로 떨어지면서 바로 꺼졌다. 성냥불을 다시 켰을 때, 이미 그 작은 괴물은 사라지고 없었다.

얼마 동안이나 그렇게 우물 아래를 내려다보고 있었는지 모르겠다. 내가 본 것이 인간이라고 믿기는 어려웠다. 하지만 차츰 진실을 깨닫기 시작했다. 인류는 한 종류로 남지 않고 두 종류의 생물로 분화한 것이다. 지상 위에 사는 우아한 모습의 사람들만 우리 후손인 것은 아니었다. 내 앞에서 쏜살처럼 뛰어가던 허연 색의 보기 흉한 야행성 동물도 우리 후손이었던 것이다.

아지랑이가 피어오르던 탑과 또 지하에 환기 시설이 있을지도 모른다고 생각했던 일이 떠올랐다. 비로소 그것들이 무엇인지 이해되기 시작했다. 그런데 여우원숭이처럼 생긴 그 동물은 아름다운 지상의 낙원에서 대체 무엇을 하고 있었던 것일까? 평온하고 아름다운 지상 세계와 무슨 관련을 맺고 있는 것일까? 우물 속 저 아래에는 어떤 것들이 숨어 있을까? 이 궁금증을 해결하기 위해서는 아래로 내려가 보아야 한다. 두려워할

바는 아무 것도 없다. 나는 우물에 엉덩이를 기대고 앉아 그렇게 다짐했다. 그러나 사실은 밑으로 내려가기가 몹시 겁났다. 그렇게 망설이고 있는데 밖에서는 아름다운 지상 세계 남녀 둘이 교태 섞인 몸짓을 하며 햇빛을 가로질러 그늘 안으로 달려 들어 왔다. 남자는 꽃을 여자에게 뿌리며 쫓아왔다.

쓰러진 기둥에 팔을 기대고 우물 속을 내려다보고 있던 나를 발견한 그들은 매우 낭패한 표정을 지었다. 분명 우물에 대해 이야기하는 것을 매우 좋지 않은 일로 여기는 듯했다. 왜냐하면 손으로 우물을 가리키며 그들 말로 질문을 하려 하자 그들 표정이 더욱 일그러지더니 얼굴을 돌려버렸던 것이다. 그래도 성냥불에는 흥미를 보였다. 그들의 관심을 사려고 성냥을 몇 개 켜고는 우물에 대해 다시 물어보려 했지만 소용이 없었다. 하는 수 없이 그들을 그곳에 남겨두고 나왔다. 위나에게 물어 볼 생각이었다. 하지만 곧 내 생각은 바뀌었다. 새로 발견한 사실들로 인해 내 추측과 생각이 변하고 있었다. 우물과 환기용 탑, 그리고 유령의 비밀에 대한 단서를 잡은 것이다. 청동 문이나 타임머신에 대한 생각은 아예 잊고 말았다. 그리고 내가 해결할 수 없었던 그들의 경제 생활에 대한 의문도 풀릴 것 같았다.

새로운 생각이란 이렇다. 분명 두 번째 종류의 인류는 땅속에서 생활하는 생물이다. 그들이 지상으로 자주 나오지 못 하는 까닭은 오랜 세월 땅속에서 생활한 결과로 얻게 된 모습 때문일 것이다. 그 형태란 어두운 곳에 사는 대부분의 동물이 지닌 모습이다. 예를 들면 켄터키 동굴 속에 사는 흰색 물고기처럼 말이다. 이러한 내 생각을 뒷받침해 주는 세 가지 특징이 있었다. 먼저 빛을 받아 번쩍이는 커다란 눈이 그 중 하나로, 이는 야행성 동물들이 지닌 특성이다. 올빼미나 고양이를 보라. 그리고 빛을 받으면 어쩔 줄 몰라 하며 어두운 곳을 찾아 허둥대며 달아나는 점과 또 밝은 곳에서는 머리를 이상하게 숙인다는 점도 있다. 이 두 가지는 그들이 빛에 예민한 망막을 갖고 있으리라는 추측을 뒷받침해 주는 사실이었다.

그렇다면 내 발 밑에는 수많은 터널이 뚫려 있어서 새로운 종족의 은신처가 되어 있을 것이다. 환기용 기둥과 우물이 언덕을 따라, 아니 실은 강 유역을 제외한 전 지역에 걸쳐 널려 있음은 그들이 얼마나 넓은 지역에 퍼져 있는지 가늠할 수 있게 해준다. 그렇다면 지상 사람들이 안락하게 살 수 있도록 지하 세계에서 무언가를 해주고 있으리라 생각하는 것이 극히 당연하지 않겠는가. 이 생각은 썩 그럴 듯했다.

다음으로는 어떻게 인류가 이렇게 두 종류로 분화되었는지 궁리해 보았다. 내 이론이 어떤 것인지는 다른 사람들도 추측할 수 있으리라. 하지만 나는 그것이 진실과는 동떨어져 있음을 곧 깨닫게 된다.

우리 시대의 문제점들로부터 짐작해 보면 불 보듯 뻔한 일이었다. 즉, 현재의 자본가 계급과 노동자 계급 사이의 일시적이며 사회적인 차이가 차츰 확대된 끝에 여기에 이르렀다고 보면 문제는 해결되는 것이다. 너무 황당해서 도저히 믿을 수 없다는 사람도 있겠다. 그렇지만 그런 면은 우리 시대에서도 어렵지 않게 볼 수 있다. 보기 좋지 않은 각종 문명 활동에 지하 공간을 활용하는 경향이 바로 그것이다. 런던 지하철을 예로 들 수 있겠다. 전기로 움직이는 지하철과 지하도가 있고, 작업장과 식당도 있다. 그 숫자는 점차 늘어가는 추세다. 분명 이러한 경향이 강해져 마침내 모든 산업 활동이 땅위에서 사라지고만 것이리라 생각했다. 공장들은 더 깊숙이 땅속으로 들어가 점점 더 커졌고, 그에 따라 사람들은 더욱 많은 시간을 지하에서 보내게 되었다. 그리하여 마침내는……! 지금 현재도 가난한 노동자들은 땅위의 자연적 환경에서 사실상 격리되어 살고 있지 않은가.

또한 부유한 자들은 배타적인 경향이 있어서, 물론 이것은 부자와 가난한 자의 교육 수준 격차가 날로 커져가고 있기 때문이지만, 이미 상당 부분의 땅을 소유한 부자들은 자기 멋대로 울타리를 둘러쌓아 다른 사람의 출입을 막고 있는 실정이다. 런던의 경우만 보더라도 근교의 아름다운 땅 중 절반가량은 일반인은 드나들 수 없다. 부유한 자들은 더 좋은 교육을 더 오랜 기간 받으려 하고, 화려한 생활을 부추기는 여러 요소로 인해 그러한 격차는 점점 커질 터이다. 그로써 두 계급 간의 소통은 더욱 어렵게 되고, 또 생물학적 분화를 막아줄 상호간의 결혼도 점점 더 줄어들 것이다. 그리하여 땅위에서 가진 자들이 쾌락과 안락과 아름다움을 추구하는 동안 땅 아래 가지지 못한 노동자들은 노동 환경에 맞게 적응해 나가게 된다. 지하에 있는 그들은 적지 않은 돈을 지하 환기 요금으로 내야 했을 터이다. 만약 내지 않으면 굶어 죽거나 질식해서 죽을 테니 말이다. 병약한 자나 체제에 반항하는 자는 죽어갈 수밖에 없었고, 마침내 그런 상태는 영구적인 것이 되고 말았으리라. 지상 사람들이 새로운 환경에 적응하였듯이 그들도 지하 생활에 적응해 갔고, 이제는 그들 나름대로 행복한 삶을 살게 된 것이다. 지상 사람들의 우아한 아름다움과 지하 인간들의 백짓장 같은 얼굴색은 당연한 결과물이다.

내가 꿈꿔 왔던 인류의 위대한 승리와는 거리가 멀었다. 내가 상상했던 도덕적 교육과 모든 이들의 연대가 이루어진 사회는 전혀 찾아볼 수 없었다. 대신 완벽한 과학으로 무장한 귀족 계급이 있었다. 그들의 승리는 단순히 자연을 굴복시킨데 그치지 않았다. 그것은 자연뿐 아니라 같은 인간을 굴복시킨 승리였다. 물론 이것은 내가 생각한 이론에 불과함을 밝혀둔다. 유토피아를 그리는 책에 등장하는 유능한 안내자가 나에게는 없었다. 내 이론이 완전히 잘못된 것일지도 모른다. 그러나 가장 타당한 설명이라고 나는 아직도 믿고 있다. 그리고 균형을 이루던 그 문명이 이미 오래 전에 전성기를 지나 이제는 쇠락의 길로 깊이 접어들었다는 것이 결론이다. 땅위 사람들에게 주어진 완벽에 가까운 안전한 삶으로 인해 그들은 점차 퇴화의 길을 걷게 되었고, 신체의 크기·체력·지적 능력 등도 전반적으로 약해졌다. 그것은 이미 명확하게 확인한 바였다. 하지만 지하 인간들에게 어떤 일이 일어났는지는 잘 알 수 없었다. 그러나 몰록 — 지하 인간들은 그렇게 불렀다 — 종족에서 보았던 점들로 미루어 그들의 신체적 변화가 엘로이 보다 훨씬 컸음은 짐작할 수 있었다. 엘로이란 지상에 사는 아름다운 종족을 이르는 말이다.

그때 해결하기 어려운 의문이 떠올랐다. 몰록들은 왜 타임머신을 가져갔을까? 나는 타임머신을 그들이 가져간 것이라고 확신했다. 그리고 엘로이들이 지배자라면 왜 내게 찾아다 주지 못하는 것일까? 그들은 왜 어둠을 그렇게도 두려워하는 것일까?

위나에게 가서 지하 세계에 대해 질문을 해보았다. 하지만 이번에도 실망만 하게 되었다. 처음에 위나는 내 물음을 이해하려 들지 않았다. 그리고 대답하기를 거부했다. 그런 이야기는 도저히 견디지 못 하겠다는 듯 몸을 부르르 떨었다. 내가 좀 심하게 몰아붙이자 위나는 왈칵 울음을 터뜨렸다. 내가 흘린 눈물 말고는 미래 세계에서 처음 본 눈물이었다. 눈물을 보자 나는 몰록에 대한 일로 위나를 괴롭히는 일은 그만 두고 현생 인류의 유물인 눈물을 그녀의 눈에서 거두어 내고 싶었다. 내가 진지한 표정으로 성냥불을 켜자 위나는 만면에 미소를 짓고 손뼉을 치며 좋아했다.

6

좀 이상하게 생각될지도 모르겠으나 내가 새로 발견한 단서를 근거로 어떤 행동을 취하기 시작한 것은 그로부터 이틀이 지나고서였다. 창백한 얼굴을 한 그들에게 가까이 가고 싶지 않았기 때문이다. 동물학 박물관에서나 볼 수 있는, 알코올에 담긴 벌레처럼 허옇게 탈색된 모습이 싫었다. 또 그들이 손에 닿는 느낌은 몸서리쳐지게 차가웠다. 아마 그런 혐오감은 내가 호감을 갖고 있던 엘로이들 영향 때문이리라. 그들이 몰록을 진저리치게 싫어하는 이유를 차츰 이해할 수 있었다.

그 일이 있고 난 다음날 밤, 나는 제대로 잠을 이룰 수가 없었다. 건강에 다소 이상이 생긴 모양이었다. 당혹과 의심으로 심한 중압감이 느껴졌다. 한 두 차례 이유 없이 격렬한 공포의 감정이 엄습해 오기도 했다. 살며시 발소리를 죽여 가며 커다란 홀로 갔던 일이 기억난다. 거기에는 키 작은 사람들이 달빛을 받으며 잠을 자고 있었다. 그 중에는 위나도 끼어 있었다. 그들을 보자 비로소 안도감을 느꼈던 것도 선명히 기억난다. 그때 며칠 후면 그믐달이 되어 어두운 밤이 될 것이라는 사실이 문득 떠올랐다. 그러면 하얀 색깔의 흉측하게 생긴 여우원숭이들, 예전의 해충을 대신하는 그 새로운 해충들이 더욱 들끓어 댈 것이었다. 나는 그 이틀 동안 해야 할 일을 제대로 해 놓지 않은 사람처럼 불안감에 시달렸다. 타임머신을 되찾으려면 저 지하 세계로 내려가 몸으로 부딪혀 비밀을 파헤쳐야 한다는 것을 알고 있었다.

그러나 나는 그 비밀과 맞설 수가 없었다. 동료가 한 사람이라도 있었다면 달랐을 것이다. 하지만 나는 넌덜머리가 나도록 외로웠고, 또 어두운 우물 아래로 기어내려 간다는 것은 생각만 해도 섬뜩한 일이었다. 내 기분을 제대로 이해할 수 있을지 모르겠지만, 항상 뒤에서 무언가가 나를 노리고 있는 듯한 불안감을 느끼고 있었다.

이런 초조와 불안 탓이었는지, 나는 더욱 먼 곳까지 나아가 이곳저곳을 살펴보기 시작했다. 남서쪽을 향해 현재 쿰우드라고 불리는 구릉지 쪽으로 가 보니 저 멀리 벤스테드 방향으로 거대한 녹색 구조물이 보였다. 생김새는 지금까지 보았던 것들과는 전혀 달랐다. 내가 알고 있던 어떤 건물보다도, 또 어떤 폐허보다도 훨씬 컸으며 건물의 정면은 동양적인 모습을 띠고 있었다. 표면에는 광택이 흘렀고, 중국 도자기에서 볼 수 있는 청록색 계통의 색이 푸르스름하게 보였다. 외양이 다른 것으로 보아서 그 용도도 다를 것이라고 예상한 나는 안으로 들어가 살펴보려 했다. 그러나 이미 늦은 오후로 접어든 때였고, 꽤 먼 길을 돌아서 그곳에 가느라 지쳐 있던 터라 다음날로 미루기로 했다. 그래서 나를 따뜻한 포옹으로 반기는 귀여운 위나에게 돌아갔다.

다음날 아침, 어제 그 건물에 흥미를 느낀 것은 실은 자기 기만이었음을 깨닫게 되었다. 하고 싶지 않은 지하로의 여행을 하루 더 미루기 위한 핑계거리에 지나지 않았던 것이다. 나는 더 이상 꾸물거리지 않고 곧장 지하로 내려가기로 결심했다. 그리하여 이른 아침부터 화강암과 알루미늄으로 뒤덮인 폐허 옆의 우물로 향했다.

위나는 뛰다시피 나를 따라왔다. 옆에서 춤을 추며 우물까지 기쁘게 따라온 위나는 내가 우물가에 허리를 걸치고 아래를 내려다보자 몹시 당황해 하는 듯했다.

"잘 있어, 귀여운 위나."

이 말과 함께 그녀에게 입을 맞춰 주었다. 그리고 안고 있던 그녀를 내려놓고 우물 안쪽을 더듬어 발 디딜 돌출물을 찾기 시작했다. 좀 허둥대며 찾았는데, 사실은 용기가 사라질까봐 겁이 났기 때문이었다. 처음에 위나는 깜짝 놀라 나를 쳐다보기만 했다. 그러다가 아주 가련하게 들리는 소리를 내며 내 쪽으로 달려와 작은 손으로 나를 잡아끌기 시작했다. 그녀가 그렇게 가지 말라고 말리는 것이 오히려 내려갈 용기를 북돋웠던 모양이다. 나는 다소 거칠게 그녀를 뿌리쳤고, 다시 우물 안쪽으로 몸을 넣었다.

우물 입구 위로 위나의 괴로워하는 얼굴이 보였다. 나는 그녀를 안심시키기 위해 미소를 지어 보였다. 그러나 이내 발을 올려놓고 있던 돌출물이 불안하게 흔들리는 바람에 아래를 내려다볼 수밖에 없었다.

200야드*가량 내려가야 했다. 우물 벽에 튀어나온 금속 막대를 이용해 아래로 내려가야 했는데, 그 금속 막대는 나보다 훨씬 작고 가벼운 자들에게 맞추어 설치된 것이었기 때문에 금세 근육이 굳어지며 피로를 느끼게 되었다. 단순히 피로만 느껴지는 정도가 아니었다. 금속 막대 하나가 내 몸무게를 이기지 못해 갑자기 휘어져 버렸던 것이다. 나는 하마터면 어둠 가득한 저 아래로 떨어질 뻔했다. 잠깐 동안이기는 했지만 나는 한 손으로 매달려 있어야 했고, 그 이후로는 잠시도 마음을 놓을 수

---

*약 180미터

없었다. 곧 팔과 등이 심하게 아파 왔지만 그래도 최대한 빠르게 우물을 타고 내려갔다. 위를 올려다보자 빠끔히 뚫린 작고 푸른 원반 모양의 우물 입구가 보였고, 거기에 별 하나가 눈에 들어왔다. 또한 둥글고 검은 돌기처럼 보이는 위나의 머리도 있었다. 저 아래의 쿵쿵거리는 기계 소리는 내 마음을 압박하듯 점점 더 커져갔다. 위쪽의 작은 원반 모양을 한 우물 입구를 제외하고는 온통 암흑뿐이었다. 위를 올려다보니 위나의 모습은 사라지고 없었다.

나의 마음은 몹시 불안했다. 위로 올라가면 다시는 지하 세계 일에 상관하지 않으리라고 마음먹었다. 그런 생각을 하면서도 쉬지 않고 밑으로 내려갔다. 마침내 오른쪽으로 1피트* 되는 지점에 크지 않은 구멍이 뚫려 있는 것이 보였다. 안도감이 몰려왔다. 몸을 그네처럼 흔들어 그 구멍 안으로 들어갈 수 있었다. 구멍은 좁다란 수평 터널의 입구로, 몸을 누이고 쉴 수 있었다. 때마침 그곳을 발견한 것이 다행이었다. 팔이 너무 아팠고, 등에는 쥐가 났으며, 떨어질지도 모른다는 공포로 온몸이 떨려왔던 것이다. 그리고 칠흑 같은 어둠 때문에 두 눈도 몹시 불편했다. 우물을 통해 공기를 빨아들이는 기계의 쿵쿵거리는 소리와 웅웅대는 소리로 주변 공기가 흔들렸다.

얼마나 누워 있었을까? 얼굴에 부드러운 손이 와 닿는 느낌

---

*약 30센티미터

에 정신이 번쩍 들었다. 깜짝 놀라 일어난 나는 황급히 성냥불을 켰다. 구부정한 자세를 취하고 있는 허연 짐승 셋이 급하게 불빛을 피해 달아나는 것이 보였다. 폐허더미에서 보았던 것과 같은 모습이었다. 칠흑 같은 어둠 속에서 사는 그들은 깊은 바다 속 물고기의 동공처럼 엄청나게 크고 민감한 눈을 갖고 있었고, 빛을 받으면 그 물고기마냥 번뜩였다. 틀림없이 어둠 속에서도 그들은 나를 잘 볼 수 있었을 것이다. 또 성냥불이 아니라면 전혀 나를 두려워하지 않았을 것도 분명했다. 그들을 보려고 성냥불을 켜자 곧바로 어두운 곳에 몸을 숨기고 매우 이상한 눈초리로 나를 노려보았다.

말을 걸어 보려 했지만 그들의 말은 지상 사람들의 언어와는 다른 듯했다. 이제는 어느 누구의 도움 없이 나 혼자 힘으로 해나갈 수밖에 없었다. 여기에서 도망치고 싶다는 생각이 들었다.

"자, 이제는 엎질러진 물이다."

나는 그렇게 마음을 다잡고는 어두운 터널을 더듬거리며 앞으로 나갔다. 기계 소리가 점점 더 커졌다. 곧 터널을 빠져 나와 넓은 공간에 들어서게 되었다. 성냥불을 켜고 살펴보니 둥근 천장을 한 거대한 동굴이었다. 성냥불빛이 닿지 않는 어두운 곳까지 동굴은 이어지고 있었다. 물론 그것은 성냥불 하나가 타는 동안 살펴본 모습에 불과했다.

내 기억이 뚜렷한 것이라고 할 수는 없다. 희미한 어둠 속에 그 모습을 드러낸 거대한 기계들이 기괴한 검은 그림자를 드리우고 있었다. 그 그림자 속에는 유령 같은 모습의 몰록들이 빛을 피해 숨어 있었다. 그곳에서는 숨 막힐 듯 퀴퀴한 냄새가 났다. 금방 흘린 듯한 불쾌한 피 냄새가 희미하게 풍겼다. 가운데 기다란 통로에서 조금 떨어진 곳에 하얀 금속으로 만들어진 탁자가 놓여 있었고, 그 위에 음식 같은 것이 있었다. 몰록은 육식을 하는 종족이었던 것이다! 그때까지만 해도 거대한 고깃덩어리를 보면서 저렇게 큰 동물이 아직도 멸종하지 않고 살아남아 있었단 말인가 하고 의아하게 여겼을 따름이다. 모든 것을 명확하게 볼 수는 없었다. 강한 냄새를 풍기는 정체불명의 고깃덩어리와 어둠 속에 숨어 성냥불이 꺼지길 기다리는 역겨운 무리! 그때 밑동까지 타 들어간 성냥에 손이 따끔했다. 바닥으로 떨어진 성냥은 어둠 속에 붉은 점이 되어 몸을 비틀었다.

왜 제대로 준비도 하지 않고 이런 여행에 나섰던가. 타임머신을 타고 출발할 때, 나는 미래의 세계는 지금보다 훨씬 앞서는 도구와 기계를 갖고 있으리라 생각했다. 무기도 의약품도 없이, 그리고 담배도 챙기지 않고 온 것이다. 나는 종종 담배를 피우고 싶어 안절부절 못하기도 했다. 또 성냥도 충분하지 않았다. 코닥 카메라를 챙겨 갔더라면 얼마나 좋았을까! 사진을 찍어 나중에 여유를 갖고 천천히 살펴볼 수 있었을 것 아닌가! 그러나 지금은 조물주가 내게 마련해 준 무기, 즉 주먹과 다리와 이만 지니고 있을 따름이었다. 그리고 남은 성냥 네 개비가 내가 가진 전부였다.

나는 어둠에 묻힌 기계들 사이를 헤치고 나아가기가 겁났다. 그리고 성냥불을 켰던 방금 전에야 이제 성냥이 얼마 남지 않았음을 깨달았다. 성냥을 아껴야 한다는 생각도 없이 불을 보고 신기해하는 지상 사람들을 위해 벌써 반 갑이나 써 버렸던 것이다. 그래서 지금은 겨우 네 개비가 남아 있을 따름이었다. 내가 어둠 속에 서 있자 손 하나가 내 손에 닿았고, 가느다란 손가락이 얼굴을 더듬기 시작했다. 그리고 역겨운 냄새가 풍겨 왔다. 흉측한 무리의 숨소리가 들리는 듯했다. 손에 든 성냥갑을 살짝 당기는 것이 느껴졌다. 또 다른 여러 손들이 뒤에서 내 옷자락을 잡아당기는 느낌도 들었다. 보이지 않는 존재가 검진하듯 내 몸을 더듬는 느낌은 소름이 끼칠 만큼 싫었다. 갑자기 그들이 어떤 사고 방식을 지니고, 또 어떤 행동 양식을 취하는지 전혀 모른다는 사실이 어둠 속에서 절실하게 떠올랐다. 나는 그들에게 젖 먹던 힘을 다해 소리를 질렀다. 잠시 뒤로 물러섰다가 이내 다시 내게로 다가오는 것을 느낄 수 있었다. 그들은 서로 이상한 소리로 속삭이며 더욱 대담하게 나에게 달려드는 것이었다.

나는 온몸을 격렬하게 떨며 다시 고함을 쳤다. 그러나 갈라진 목소리만 나올 따름이었다. 이번에는 그리 놀라지도 않았다. 그들은 오히려 이상한 웃음소리를 내며 내게로 다가왔다. 고백하건대, 그때는 너무나도 무서웠다. 성냥불을 켜서 그 빛으로 겁을 주고 그 틈에 도망치려고 했다. 주머니에서 종이를 꺼내

불을 옮겨 붙인 다음에 좁은 터널 쪽으로 무사히 물러설 수 있었다. 그렇지만 터널 안으로 들어가자마자 불이 꺼져 버렸다. 어둠 속에서 몰록들이 나를 쫓아오는 소리가 마치 잎사귀 사이로 스쳐 가는 바람소리 같기도 하고 떨어지는 빗소리 같기도 했다.

이내 여러 개의 손이 나를 억세게 움켜잡았다. 나를 터널 밖으로 끌어내리는 것이 분명했다. 성냥 하나를 켜 눈이 부셔 어쩔 줄 모르는 그들의 얼굴에 흔들어 댔다. 그들이 얼마나 흉측하게 생겼는지 아무도 상상하지 못하리라. 얼굴은 창백했고 턱이 없었다. 눈꺼풀 없는 커다란 회색 눈에는 분홍 색조가 감돌았다. 이런 흉악한 몰골의 것들이 눈이 부셔 어쩔 줄 몰라 하며 있는 것이다. 하지만 나는 그들을 쳐다보고만 있을 수가 없다. 다시 터널 안으로 도망쳐 들어갔다. 두 번째 성냥이 꺼지자 세 번째 성냥에 불을 댕겼고, 우물에 도달했을 때에는 세 번째 성냥도 거의 다 타 버렸다. 저 아래에서 요란하게 울려대는 펌프 소리에 현기증이 생긴 나는 터널 끝에서 등을 붙이고 누웠다. 그리고 벽에 달려 있을 디딤판을 더듬어 찾기 시작했다. 그때, 두 발을 붙잡은 몰록이 갑자기 터널 쪽으로 힘껏 끌어당겼다. 나는 마지막으로 남은 성냥을 켰지만 금방 꺼져 버리고 말았다. 때마침 손에 디딤판이 잡혔다. 나는 거세게 발길질을 해댔고, 몰록들의 손아귀에서 가까스로 벗어날 수 있었다. 나는 서둘러 우물을 기어 올라갔고 그들은 큰 눈을 껌뻑이며 위를 올려다볼 따름이었다. 그런데 그 중 하나가 포기하지 않고 잠시 내 뒤를 쫓는 통에 하마터면 신발 한 짝을 빼앗길 뻔했다.

오르고 올라도 끝이 없는 것 같았다. 2, 30피트*를 남겨 놓고 참을 수 없는 구토가 일어났다. 떨어지지 않고 매달려 있기도 벅찼다. 마지막 몇 야드를 남겨 놓고 정신을 잃지 않으려고 무진 애를 썼다. 몇 번이나 현기증이 났고, 마치 밑으로 곤두박질치는 것 같았다. 간신히 우물에서 나온 나는 비틀거리며 폐허더미에서 빠져 나와 눈부신 햇살이 쏟아지는 곳으로 나왔다. 하지만 곧 땅바닥에 쓰러지고 말았다. 흙 냄새조차 감미롭고 상쾌하게 느껴졌다. 이어 위나가 내 손과 귀에 입을 맞추었던 것과 엘로이들의 웅성거리는 목소리가 기억날 뿐, 나는 잠시 정신을 잃고 말았다.

---

*6~9미터

7

　　이제 나의 처지는 전보다 더욱 나빠진 것 같았다. 지금까지는 밤에 가끔 잃어버린 타임머신에 대한 걱정이 들기는 했지만 틀림없이 이곳을 빠져나갈 수 있으리라는 희망을 잃지 않고 있었다. 그러나 이번에 새로 알아낸 일들로 인해 그 희망은 흔들리기 시작했다. 지금까지는 타임머신이 없어진 것은 키 작은 지상 인간들의 어린아이 같은 장난 때문이리라고 믿었다. 설령 내가 알지 못하는 힘에 의한 것이라고 해도 그것을 알아내 해결하기만 하면 된다고 생각했다. 그런데 무자비하고 사악한 몰록이라는 역겨운 존재가 나타났다. 나는 본능적으로 그들이 혐오스러웠다. 이전의 내 상태란 구덩이에 빠진 사람의 심정과도 같은 것이었다. 나는 오로지 어떻게 하면 구덩이에서 빠져 나올 수 있을까 하는 생각에만 골몰해 있었다. 하지만 지금 심정은 덫에 걸린 짐승이 된 느낌, 지금이라도 맹수에게 잡아먹힐 것만 같은 느낌이었다.

내가 두려워한 맹수라는 것이 무엇인지에 대해 듣고 나면 좀 의외라고 여길 사람도 있으리라. 내가 두려워한 것은 다름이 아니라 그믐달이 가져올 어둠이었다. 위나가 전에 '어두운 밤'에 대해 알아듣기 어려운 말로 무어라 말해 주기는 했는데, 나는 그제야 그 의미를 짐작할 수 있게 되었다. 달은 점점 야위어 갔다. 점점 더 캄캄한 시간이 길어졌다. 나는 지상의 키 작은 사람들이 왜 어둠을 무서워하는지 조금은 이해할 수 있었다. 그믐달이 되면 몰록들이 어떤 고약한 짓을 할지 정확하게 알 길이 없었다.

내 두 번째 가설이 잘못임은 분명했다. 지상 인간들은 한때 혜택을 누리던 특권층이었고 몰록은 그들에게 기계처럼 착취당하던 존재였을 것이다. 그러나 그러한 상태는 오래 전에 사라져 버렸다. 진화를 통해 하나의 인류에서 두 개의 종으로 분화한 결과, 그들은 전혀 새로운 관계로 변화해 가고 있었다. 아니, 어쩌면 변화가 이미 완료되었는지도 모른다. 엘로이는 카롤링거 왕조*의 왕들처럼 실속 없이 겉모양만 번지르르한 존재

---

*750~887년에 서유럽을 통치한 프랑크 왕국의 2기 왕조

로 퇴화해 버렸다. 그나마 그들이 지상의 땅을 소유하고 있는 것도 수많은 세대에 걸쳐 지하에서 생활한 몰록이 땅위의 밝은 빛은 견뎌낼 수 없게 된 덕분일 것이다. 그런데도 몰록은 여전히 엘로이에게 의복이나 여러 필요한 물품을 마련해 주고 있다. 그것은 오랜 습관의 산물일 것이다. 말이 발굽으로 땅을 긁거나 사람들이 재미로 사냥을 하는 것과 같은 이치다. 오래 전에 필요 없어진 행동 양식이 사라지지 않고 남아 있는데 불과하다. 그러나 분명 오랫동안 이어져 왔을 그 질서는 이미 부분적으로는 정반대로 뒤집혀 있었다. 인과응보의 법칙에 따라 이제는 엘로이가 그 업을 짊어져야 할 차례가 된 것이다. 수천 세대 이전에 인간은 형제와 다름없는 같은 인간을 밝은 햇빛이 비치는 안락한 지상에서 추방해 버렸다. 그때 쫓겨났던 사람들이 다시 돌아오고 있는 것이다. 예전과는 완전히 다른 몸으로!

이미 엘로이들은 아주 오래된 것을 새로 배우고 있었다. 공포라는 감정을 다시 알게 된 것이다. 그때 갑자기 지하에서 본 고깃덩어리가 생각났다. 갑자기 그 생각이 떠오르다니, 좀 이상했다. 얼토당토하지 않게 문득 떠오른 것이다. 마치 누가 거기에 대해 물어보기라도 한 것처럼, 그래서 불현듯 떠오른 것처럼 말이다. 그 고기의 생김새를 떠올려 보려 했다. 전에 어디에서 본 듯했지만 정확히 무엇인지는 알 수가 없었다.

엘로이들은 공포로 인해 전혀 힘을 쓰지 못 했지만 나는 달랐다. 나는 인류의 전성기에서 온 인간이다. 두려움이나 신비

감 때문에 위축되지 않았으며, 최소한 나 자신은 지킬 수 있었다. 더 이상 꾸물거릴 것이 아니라 무기를 만들고 안심하고 잠잘 수 있는 곳을 찾기로 했다. 그곳을 근거지로 삼아 잃어버린 자신감도 되찾고 이 기묘한 세상에도 맞서기로 마음먹었다. 밤마다 몰록들이 날 습격할지 모른다는 불안감에 시달려 자신감을 잃고 있었다. 안전한 잠자리를 확보하기 전까지는 잠을 이룰 수 없을 것 같았다. 이미 몰록들이 나를 몰래 살펴보았으리라고 생각하면 두려움으로 몸이 떨려 왔다.

그날 오후 템스 강 유역을 돌아다니며 살펴보았지만 접근하기 어려워 보이는 장소는 눈에 띄지 않았다. 우물을 기어오르는 솜씨로 보아서 그들이 쉽게 오르지 못할 건물이나 나무는 없을 듯했다. 그때 청록색 도자기를 연상시켰던 건물, 반질거리며 빛을 발하던 그 건물이 생각났다. 저녁때가 되자 어린아이를 태우듯 어깨 위에 위나를 얹고 남서쪽을 향해 언덕을 오르기 시작했다. 7, 8마일*도 안 되리라 예상했지만 실제로는 18마일**이 훨씬 넘는 거리였다. 축축한 습기가 가득한 오후에 그 건물을 보았던 것인데, 그런 때에는 거리가 아주 가까워 보이는 법이다. 더구나 구두 뒤축이 하나 떨어져 나갔고, 구두 바닥에서 못이 삐쳐 나와 있었다. 집안에서 편히 신던 낡은 신발이라서 오래

---

*15킬로미터 정도

**약 29킬로미터

버티지 못한 것이다. 그 바람에 나는 절룩거리며 걸어야 했다. 그 건물 앞에 섰을 때는 이미 오래 전에 해가 진 뒤였다. 건물은 연노랑 하늘에 대비되어 어둡게 그 모습을 드러내고 있었다.

내 어깨 위에 올라탄 위나는 아주 즐거워했다. 하지만 잠시 뒤에는 내려놓아 달라고 했고, 내 옆에서 종종걸음을 치며 달려갔다. 그리고 때때로 이리저리 달려가 꽃을 따 와서는 내 주머니 안에 꽂아 주기도 했다. 위나는 항상 내 주머니를 신기하게 여겼다. 그리고 마침내 그곳을 꽃을 꽂아 장식하는 곳으로 이해하고서 그렇게 꽃병으로 활용했다. 그러고 보니 생각나는 것이 있다. 웃옷을 갈아입으려다가 발견했는데…….

시간 여행자는 잠시 하던 이야기를 멈추더니 주머니에 손을 넣어 시든 꽃 두 송이를 살며시 탁자 위에 올려놓았다. 그 꽃은 크고 하얀 당아욱 같아 보였다. 그리고 그는 이야기를 이어갔다.

저녁의 고요함이 살며시 다가오고 있었다. 언덕 꼭대기를 지나 윔블던 쪽으로 가는데 위나는 회색 돌로 된 집으로 돌아가자고 했다. 그렇지만 나는 청록색 도자기 빛이 감도는 건물의 첨탑을 가리키며 그녀가 두려워하는 것을 피해 숨을 장소라고 이해시키려 애를 썼다. 완전한 어둠이 내리기 전, 고요한 적막의 순간이 있음을 여러분도 잘 알 것이다. 나무 사이에 이는 산들바람조차 숨을 죽이는, 그런 저녁 고요함 앞에 서면 항상 왠지 모를 기대로 설레게 된다. 하늘은 맑게 개어 끝없이 펼쳐져 있고, 다만 해가 진 부근에 한 두 개의 수평 무늬만 보일 따름이었다. 그런데 평소와는 달리 그날 밤의 기대 속에는 두려움이 덧칠해져 있었다. 어둠 속 고요로 인해 내 감각은 오히려 이상하게 예민해지는 듯했다. 발 아래에 파놓은 몰록의 지하 세계마저 느낄 수 있을 것 같았다. 개미집처럼 파놓은 땅 밑에서 어슬렁거리며 밤이 오기를 기다리는 무리가 보이는 듯했다. 내가 그들의 주거지로 들어간 것을 선전포고로 여길지도 모른다는 생각이 들었다. 그런데 왜 그들은 타임머신을 가져간 것일까?

우리는 살며시 소리 내지 않고 걸어갔다. 저녁 어스름은 밤의 어둠으로 짙어가고 있었다. 맑고 푸른 하늘의 빛은 점점 사라져 갔고 별들이 하나 둘 나타나기 시작했다. 땅거미도 짙어졌고 나무는 검게 변해 있었다. 두려움과 피곤함이 깊어진 위나는 견디기 힘들어 했다. 나는 그녀를 안아 들고 다정하게 위로하며 쓰다듬어 주었다. 더욱 어둠이 깊어지자 위나는 두 팔로 나의 목을 감고 눈을 꼭 감은 얼굴을 내 어깨에 깊숙이 묻었다. 그렇게 우리는 긴 비탈길을 따라 강 유역으로 내려갔다. 어두웠기 때문에 강 부근에서는 하마터면 강의 작은 지류에 빠질 뻔하기도 했다. 그 강을 건너 강 유역 건너편으로 갔다. 잠 속에 묻힌 몇 채의 집을 지나고 목신* 조각상을 지났다. 조각상의

---

*상반신은 사람, 하반신은 양의 모습을 한 목축의 신

목은 떨어져 나가고 없었다. 그곳도 아카시아 숲이 무성했다. 몰록은 하나도 나타나지 않았지만 아직 이른 저녁에 불과했다. 달이 뜨기 전의 어두운 시간이 아직도 많이 남아 있는 것이다.

다음 언덕을 오르고 보니 우리 앞으로 크고 울창한 숲이 시커먼 색을 드러내고 있었다. 그 모습에 나는 주춤거렸다. 숲이 양쪽으로 끝없이 펼쳐져 있었던 것이다. 나는 몹시 피곤했다. 특히 발이 너무 아팠다. 멈춰선 나는 위나를 조심스럽게 내려놓고 나서 풀밭 위에 엉덩이를 붙이고 앉았다. 더 이상 청록색 도자기 빛깔의 건물은 보이지 않았다. 방향을 잘못 잡은 것이 아닐까 하는 의구심이 들었다. 울창한 숲을 바라보자 저 안에 어떤 것들이 숨어 있을지 모른다는 두려움이 몰려왔다. 나뭇가지들이 뒤엉켜 하늘을 덮고 있어서 저 안에 들어가면 별도 보이지 않을 것 같았다. 숨어서 우리를 노리는 위험한 존재들이 없다 하더라도(거기에 대해 공연한 상상으로 두려움을 부풀릴 필요는 없을 테니까) 나무뿌리에 걸려 넘어져 나무둥치에 머리를 부딪칠 위험은 있었다.

그날 낮 동안의 흥분으로 인해 나는 몹시 피곤함을 느꼈다. 그래서 위험을 무릅쓰고 숲을 가로지르는 일은 다음날로 미루기로 하고, 그날 밤은 언덕 위에서 지새기로 했다. 다행히도 위나는 곤하게 잠이 들어 있었다. 조심스럽게 웃옷으로 위나를 감싸준 다음 곁에 앉아 달이 떠오르기를 기다렸다. 언덕은 쥐 죽은 듯 조용했다. 그러나 저 아래 어두운 숲에서는 동물들의 기척이 간간이 들려왔다. 머리 위로 별이 빛나는 아주 청명한 밤이었다. 반짝이는 별을 바라보고 있자니 일종의 편안함이 느껴졌다. 하지만 예전의 별자리는 모두 사라져 버리고 없었다. 사람들이 인식하지 못하는 매우 느린 속도로, 인류가 수백 세대를 거쳐 오는 동안 별자리가 완전히 바뀐 것이다. 그러나 은하수는 예나 지금이나 별 가루를 뿌려놓은 양 흐르고 있었다. 남쪽으로는 매우 밝게 빛나는 붉은 별이 보였다. 그 별은 처음 본 것이었는데, 녹색의 시리우스 별보다 더욱 멋지게 빛났다. 반짝이는 별들 속에서 그 밝은 별 하나가 오랜 친구의 얼굴처럼 다정하고 쉼 없이 빛을 보내 주고 있었다.

별을 보고 있자니 모든 근심과 세상 걱정거리가 갑자기 사그라지는 듯했다. 헤아리기 어려운 엄청난 거리와 미지의 과거에서 미래로 나아가는 별들의 필연적 운동에 대해 생각해 보았다. 또 지구의 극이 그려내는 세차주기도 생각해 보았다. 내가 타임머신을 타고 지나온 동안 그 조용한 회전 운동은 고작 40회에 불과했다. 그 40번의 회전이 이루어지는 동안 모든 전통, 복잡한 사회 조직, 국가, 언어, 문학, 인간의 야망, 그리고 인류에 대한 기억마저 지상에서 사라져 버렸다. 그 대신 조상에 대한 일 따위는 깡그리 잊어버린 허약한 종족과 나를 두려움에 떨게 하는 허연 존재들만이 있을 뿐이었다. 나는 그 두 종족 사이를 가로막고 있는 커다란 두려움을 생각해 보았다. 그때 내가 본 고깃덩어리가 무엇인지에 생각이 미쳤고, 그 순간 주체할 수 없는 전율이 흘렀다. 그 생각은 필시 사실일 터이기에 더욱 끔찍했다. 내 곁에서 잠자고 있는 위나를 내려다보았다. 새하얀 얼굴은 별빛을 받아 빛났다. 나는 곧 그 생각을 떨쳐버렸다.

그 긴 밤 동안 나는 되도록 몰록에 대한 생각을 마음에서 덜어내려고 했다. 그리고 새로운 별자리 가운데에서 예전 별자리의 흔적을 찾으려는 노력으로 시간을 보냈다. 하늘은 매우 맑았다. 고작 흐릿한 구름 한 점이 떠 있을 뿐이었다. 이따금 졸기도 한 것 같다. 밤을 새우는 일이 막바지에 접어들자 빛깔 없는 불빛의 반사처럼 동녘에 희미한 빛이 스며들었다. 그리고 속눈썹처럼 가느다란 흰 달이 보이더니, 그 뒤로 달빛을 추월하듯 새벽 여명이 다가왔다. 처음에는 창백한 빛이었지만 점점 분홍빛을 띠며 따뜻한 색조로 변했다. 몰록은 얼씬도 하지 않았다. 그날 밤 언덕에서는 몰록의 그림자도 보이지 않았다. 새로운 날이 밝아오자 자신감이 되살아났고, 두려움에 밤을 지새운 일이 부질없게 여겨졌다. 자리에서 일어나 보니 뒤축 빠진 신발을 신었던 쪽 발목이 부었고 발뒤꿈치는 심하게 아팠다. 나는 자리에 앉아 신발을 벗어 멀리 집어던져 버렸다.

나는 위나를 깨웠다. 그리고 함께 숲속으로 향했다. 이제는 어둡고 위협적인 모습 대신 녹색의 기분 좋은 느낌을 선사하는 숲으로 변해 있었다. 우리의 시장기를 달래줄 과실도 있었다. 곧 우아한 모습의 엘로이들도 만날 수 있었다. 밤 따위는 이 세상에 없다는 듯 즐겁게 웃고 춤췄다. 그때 또다시 그 고깃덩어리가 생각났다. 이제는 그것이 무엇인지 확신할 수 있었다. 인류라는 거대한 강물에서부터 시작해 졸졸거리는 시냇물로 바뀌어 버린 그들이 참으로 가여웠다. 분명히 아주 오래 전 인류가 퇴화되어 가던 어떤 때에 몰록은 먹을거리가 부족해졌으리라. 그들은 아마 쥐 같은 것들을 먹으며 생존해 갔을 것이다. 우리 시대의 사람들은 과거에 비해 거부하는 음식이 적어졌다. 원숭이와 비교해 봐도 사람이 훨씬 다양한 것을 먹는다. 사람 고기에 대한 거부감은 사실 그렇게 뿌리 깊지 않다. 하물며 사람 같지도 않은 몰록들이야! 나는 과학적 관점에서 객관적으로 바라보려 애썼다. 결국 그들은 사람을 잡아먹었던 3, 4천년 전의 우리 조상보다도 더 비인간적이었으며, 우리와의 거리 또한 멀었다. 게다가 그런 상태에 대해 괴로워할 정도의 지능도 이미 그들에게서 사라져버렸다. 그렇다면 내가 그들에 대해 마음 쓸 필요가 무엇이 있겠는가? 엘로이는 단지 살찐 송아지 떼일 뿐이고, 개미 같은 몰록이 그들을 식량으로 삼고 있는 것일 뿐이다. 엘로이는 그들 덕에 이나마 번성하고 있고, 그들 중 하나인 위나는 지금 내 곁에서 춤을 추고 있는 것이다!

나는 이것이 인류의 이기심에 대한 엄한 벌이라고 생각하려 했다. 그렇게 함으로써 엄습해 오는 공포의 감정에서 내 자신을 지켜내고자 했다. 인간들은 수고롭게 일하는 또 다른 인간들의 등위에 올라 앉아 안락과 쾌락을 추구하며 살아 왔다. 그리고 그것이 필연적 법칙의 산물이라고 선전했다. 그리고 마침

내 그 필연성이 그들을 짓누르고 만 것이다. 나는 칼라일*이 그랬던 것처럼 쇠잔해 버린 그 특권 계층을 경멸해 보려고 했다. 하지만 불가능했다. 아무리 지적 능력이 퇴화했다 하더라도 엘로이에게는 인류의 모습이 대부분 남아 있었기에 동정심을 느끼지 않을 수 없었다. 또한 그들의 불쌍한 처지와 두려움으로 고통스러워하는 모습을 못 본 척 할 수도 없었다.

그때의 나는 앞으로 무슨 일을 어떻게 해야 할지 명확하게 깨닫지 못한 상태였다. 우선은 안전한 은신처를 마련하고 금속이나 돌로 무기를 만들어야 했다. 무엇보다 시급하게 그 일들을 마친 뒤, 다음에 기다리는 일은 불을 확보하는 것이었다. 몰록을 퇴치하는 데에는 횃불이 가장 효과적인 무기였다. 그리고 하얀 스핑크스 하단의 청동 문을 부술 수 있는 도구도 필요했다. 성곽을 공격하는데 쓰는 거대한 망치를 생각해 보았다. 그 문을 부수고 횃불을 앞세워 들어가면 타임머신을 찾아낼 수 있을 것이고, 마침내 이곳에서 탈출할 수 있으리라는 믿음을 갖고 있었다. 몰록이 멀리까지 타임머신을 옮겨 놓을 수 있을 만큼 힘이 세지는 않을 것이기 때문이었다. 내가 현재로 돌아갈 때 위나는 반드시 데리고 가리라 결심했다. 이런 계획을 마음속에 그리면서 나는 은신처가 될 그 건물을 향해 걸어갔다.

---

*영국의 역사가 · 수필가

 8

우리가 청록색 도자기 궁전에 도착했을 때는 정오 무렵이었다. 그 건물은 사람이 살지 않는 폐허였다. 창문에는 깨진 유리 조각만 몇 개 매달려 있었고, 앞면을 덮은 거대한 청록색 판이 녹슨 금속 골조에서 떨어져 나와 있었다. 건물은 잔디밭 위에 높게 솟아 있었다. 그 안으로 들어가기 전 북동쪽으로 눈길을 준 나는 넓은 강어귀를 보고 깜짝 놀랐다. 지금의 윈즈워스와 배터 시 부근으로 보이는 곳이었다. 바다 속 생물들은 어떻게 되었을까? 지금 어떤 일이 그 생물들에게 일어나고 있을까? (하지만 거기에 대해서는 그 이후에 다시 생각해

보지 않았다)

　건물을 살펴보니 정말 도자기로 만들어져 있었다. 그리고 그 표면 위에는 알 수 없는 글자가 새겨져 있었는데, 나는 어리석게도 위나가 그 글자를 알아내는데 도움이 되리라 기대했다. 하지만 글자라는 개념조차 위나의 머리에는 없었다. 그녀의 감정이 너무나 인간다웠기에 실제보다도 더 사람에 가깝다는 착각을 품고 있었던 것이다.

　문 안쪽에는(문은 부서져 열린 채였다) 으레 있는 홀이 보이는 대신 기다란 복도가 있었다. 복도 양옆에는 여러 개의 창문이 나 있어 복도를 환하게 비추었다. 처음 본 순간 박물관이겠구나 하는 생각이 떠올랐다. 타일이 깔린 바닥은 먼지가 두껍게 쌓여 있었다. 여기저기 널려 있는 수많은 물건들 위에도 먼지가 수북했다. 그리고 방 가운데에는 가느다랗고 이상하게 생긴 물건이 놓여 있었다. 분명 거대한 동물의 하반신 뼈가 틀림없었다. 굽은 발로 미루어 보아 메가테리움* 같은 멸종한 동물의 뼈임을 알 수 있었다. 두개골과 상체 뼈는 바로 옆에 두꺼운 먼지를 뒤집어 쓴 채 놓여 있었고, 그 중의 한 부분은 지붕에 난 틈새로 떨어진 빗물에 완전히 닳아 없어져 버렸다. 복도 안쪽에는 브론토사우루스**의 거대한 뼈대가 놓여 있었다. 박물관

---

*몸길이 약 6미터의 대형 초식 동물
**몸길이 20~25미터의 초식 공룡

일 것이라는 추측이 옳은 모양이었다. 옆쪽으로 가 보니 경사진 선반 진열대 같은 것이 보였다. 두껍게 켜가 쌓인 먼지를 털고 보니 우리 시대의 유물이 보관된 유리 케이스였다. 보관 상태로 보아 진공 상태임이 틀림없었다.

우리는 사우스 켄싱톤 박물관의 폐허 위에 서 있었던 것이다! 그리고 그곳은 고생물학 전시실이 분명했다. 예전에는 매우 멋진 화석들이었으리라. 그러나 부식 과정을 잠시 모면할 수는 있었지만, 또한 박테리아와 곰팡이의 멸종으로 그 힘이 9900분의 1로 줄었다고 해도 부식은 쉬지 않고 진행되어 온 것이다. 여기저기에 키 작은 사람들의 손에 의해 부서지거나 갈대에 묻힌 화석이 보였고, 또 케이스 자체가 없어진 곳도 있었다. 물론 몰록의 짓일 것이다. 그곳은 너무나도 조용했다. 두껍게 쌓인 먼지로 인해 우리 발자국 소리조차 울리지 않았다. 유리 진열대 아래에서 성게를 굴리며 놀던 위나가 주위를 두리번거리는 내게 살며시 다가와 내 손을 잡고 곁에 섰다.

처음에는 인류가 남겨 놓은 그 지적 유물에 놀라 그곳을 이용할 수 있는 여러 가능성에 대해서는 생각이 미치지 못했다. 타임머신에 대한 생각도 잠시 잊을 정도였다.

청록색 도자기 궁전의 크기로 미루어 볼 때, 고생물학 전시실 외에도 더 많은 전시실이 있을 터였다. 어쩌면 역사 전시실도 있고 도서관도 있을 것이다! 최소한 내 상황에서는 부식되어 가는 고대 지질학 유물보다 그런 곳이 훨씬 흥미 있는 장소였다. 근처를 살피니 첫 번째 전시실과 직각으로 만나는 조그만 복도를 찾을 수 있었다. 광물을 전시해 놓는 장소인 듯했다. 유황 덩어리를 보니 화약을 만들어 봐야겠다는 생각이 들었다. 그러나 초석을 찾을 수가 없었다. 그리고 질산염 종류도 없었다. 그것들은 틀림없이 오래 전에 용해되어 없어졌을 것이다. 그래도 유황에 대한 생각은 머리에서 떠나지 않았고, 그것을 이용해 보겠다는 생각을 떨칠 수가 없었다. 그곳에 있는 다른 전시물은 다른 곳에 비해 보존이 매우 잘 되어 있었다. 하지만 별 흥미를 느낄 수 없었다. 나는 광물학에는 문외한이었다. 나는 첫 번째 방과 나란한 방향으로 나 있는 전시실로 갔다. 그곳은 아주 심하게 망가져 있었다. 자연사 전시실인 듯했는데, 모든 것이 심하게 훼손되어 알아 볼 수가 없었다. 예전에 박제 동물이었던 것 같은 물체가 거무스름하게 오그라든 모습을 보이고 있었고, 한때 알코올에 담겨져 있었을 시체는 바짝 말라 병 안에 들어 있었다. 또 식물은 말라서 갈색 먼지와 같은 상태였다. 그것이 전부였다. 유감스러웠다. 제대로 보존되었더라면 식물이 이렇게 번성하게 된 과정을 살펴볼 수 있었을 터이다.

이어 우리가 들어간 곳은 엄청나게 넓은 전시실이었다. 그런데 빛이 제대로 들어오지 않는 곳이었고, 바닥은 우리가 들어선 곳에서부터 시작해 아래로 살짝 기울어진 채였다. 천장에는 군데군데 하얀 전구가 달려 있었는데, 전구는 모두 금 가거나 깨져 있었다. 본래 인공 조명을 하는 방이었던 것이다. 그곳은 내가 좀 자신을 갖고 있는 분야에 해당되는 장소였다. 양옆으로 거대한 기계들이 놓여 있었던 것이다. 모두 심하게 부식되고 파손되었지만 그중에는 아직 완벽한 형태를 유지한 것도 있었다. 알다시피 나는 기계라면 눈이 뒤집힐 정도로 좋아하는 사람이다. 따라서 좀 더 머물며 살펴보았다. 그렇지만 그것들이 무슨 기계인지는 알아 낼 수가 없었다. 단지 추측이나 할 수 있을 따름이었다. 만일 기계들의 쓰임새만 알아 낼 수 있다면 몰록의 공격을 막아내는데도 큰 도움을 얻을 수 있을 터였다.

그때 갑자기 위나가 내 곁으로 바짝 다가왔다. 너무 갑자기 다가와서 나는 깜짝 놀랐다. 위나가 아니었다면 나는 복도 바닥이 기울어 있는 줄도 몰랐을 것이다.* 내가 들어온 쪽은 땅에서 상당히 높은 쪽이어서 몇 개 되지 않는 작은 창문으로나마 빛이 들어오고 있었다. 하지만 안쪽으로 들어갈수록 아래로 내려감으로써 주변 땅은 창문까지 올라왔고 마침내는 약간의 빛만 위쪽에 닿는 지경이었다. 나는 천천히 걸어들어 가면서 기계들에 정신이 팔려 있었기 때문에 빛이 점점 약해지는 줄도 몰랐다. 위나의 불안이 점점 커지는 것을 보고서야 그러한 복도의 구조를 알아챘던 것이다.

복도 맨 끝 쪽은 짙은 어둠에 싸여 있었다. 나는 멈칫 했다. 주위를 살펴보니 먼지도 훨씬 적게 쌓여 있었고 바닥도 고르지

---
*실제로 바닥이 기운 것이 아니라 비탈에 지어진 박물관이 언덕을 파고 들어가는 형태였을 것이다

않았다. 어둠이 깔린 저 앞쪽으로 작고 기다란 발자국이 나 있는 것 같았다. 몰록이 당장에라도 나타날 듯한 불안감이 또 다시 일기 시작했다. 기계를 살펴보느라 공연히 시간을 낭비했다는 생각이 들었다. 이미 꽤 늦은 오후였다. 아직 무기나 안식처를 마련하지 못한 채였고, 불 피울 도구조차 없었다. 그리고 복도 끝 어두운 곳에서는 우물 밑에서 들었던 이상스런 소리와 똑같은 야릇한 웅얼거림이 들려왔다.

나는 위나의 손을 잡았다. 그런데 그때 갑자기 떠오른 생각이 있어서 위나를 남겨 두고 막대기가 튀어나온 기계 쪽으로 갔다. 막대기는 철도 신호함의 쇠막대처럼 생겼다. 기계 위로 올라가 막대를 두 손으로 잡고는 있는 힘껏 옆으로 잡아당겼다. 갑자기 중앙 통로에 남겨져 있던 위나가 훌쩍훌쩍 울기 시작했다. 막대기의 강도는 내가 예상했던 대로였다. 얼마간 힘을 주니 막대가 부러졌다. 나는 무기를 들고 위나에게 달려갔다. 몰록의 머리에는 이 정도 무기면 충분하다는 생각이 들었다. 나는 몰록을 죽여 버리고 싶었다. 자신의 후손을 죽이려하다니, 너무 잔혹하지 않느냐고 할지도 모르겠다. 그러나 그런 것들을 앞에 두고 인류애를 느끼기란 불가능한 일이었다. 복도 끝으로 달려가 소리를 내고 있는 괴물들을 쳐 죽이고 싶었다. 하지만 위나를 놔두고 갈 수는 없었고, 또 그들을 죽인다면 타임머신에 무슨 손상이 가해질지도 모른다는 생각 때문에 그렇게 하지 못할 뿐이었다.

한 손에는 무기를 들고, 또 다른 손에는 위나를 안고 그 복도를 빠져 나와 다른 복도로 이동했다. 그곳은 더욱 넓은 복도로, 찢어진 깃발이 걸려 있어 군대 예배당 같은 느낌을 주는 곳이었다. 양옆에 매달린 갈색 넝마 덩어리들이 썩은 책이라는 것은 이내 알아차릴 수 있었다. 이미 오래 전에 부스러져 책의 모습은 거의 남아 있지 않았다. 그러나 여기저기에 보이는 말려 있는 두터운 책표지와 금 간 금속 걸쇠들이 한때 그것들이 책이었음을 말해 주었다. 내게 만일 문학적 재능이 있었다면 좋은 글로 그 허망함을 깨우쳐 주었을지도 모른다. 그러나 내게 가장 안타까운 것은 엄청난 수고로움이 모두 허사가 되었다는 점이었다. 남은 것이라고는 썩어 가는 넝마뿐이었다. 그런데 솔직하게 이야기하자면, 내가 주로 안타깝게 여긴 것은 '철학회보'라는 학회지와 광학光學에 대한 17편의 내 논문이었다.

넓찍한 계단을 올라 공업화학 전시실로 보이는 곳에 갔다. 거기에는 쓸 만한 물건이 있으리라는 기대감이 들었다. 한쪽 끝 지붕이 내려앉은 것 외에는 잘 보존되어 있었다. 나는 바쁘게 움직여 부서지지 않은 진열대들을 살펴보았다. 그리고 마침내 거의 완벽하게 밀폐된 진열대 안에서 성냥을 찾아냈다. 흥분한 마음으로 성냥 하나를 켜 보았다. 완벽할 정도로 잘 켜졌다. 습기가 전혀 스미지 않았던 것이다.

"춤추자."

나는 위나를 바라보며 엘로이 말로 소리쳤다. 무서운 녀석들과 맞서 싸울 수 있는 무기를 확보한 것이다. 우리는 버려진 박물관 안에서 카펫처럼 두텁게 쌓인 먼지를 밟으며 춤을 추었다. '천국'이라는 노래를 휘파람으로 최대한 유쾌하게 불면서 여러 춤들이 마구 뒤섞인 춤을 추자 위나는 깔깔대며 매우 즐거워했다. 춤은 캉캉과 스텝 댄스, 또 스커트 댄스(입고 있던 기다란 코트가 허용하는 범위에서), 그리고 내 맘대로 즉흥적으로 만든 춤을 뒤섞어 놓은 것이었다. 알다시피 나는 본래 창의성이 강한 사람이다.

길고 긴 세월에도 불구하고 성냥에 별 이상이 없다는 것은, 물론 내 자신에게는 퍽 다행스러운 일이었지만, 지금 생각해도 참으로 신기한 일이다. 게다가 전혀 생각지도 못한 뜻밖의 물건도 발견할 수 있었다. 그 뜻밖의 물건이란 밀봉한 병에서 발견한 장뇌였다. 마침 그 병은 완전히 밀봉된 채 보존되어 있었다. 처음에는 파라핀인 줄 알고 병을 깨트렸는데 틀림없는 장뇌 냄새가 났다. 모든 것들이 썩어 사라져 버렸는데도 휘발성 물질이 수십만 년의 세월을 견뎌 용케 남아 있었던 것이다. 장뇌를 보자 예전에 갈색 그림을 본 기억이 났다. 수백만 년 전 죽어서 화석이 된 벨렘나이트* 화석에서 나온 먹물로 그린 그림 말이다.

장뇌를 버리려고 하다가 문득 휘발성 물질인 장뇌가 탈 때 아주 밝은 빛을 낸다는 점이 떠올랐다. 훌륭한 촛불이 될 수 있는

---

*중생대에 번성하였던 오징어 모양 바다 생물

것이었다. 그래서 장뇌를 버리는 대신에 호주머니에 챙겨 넣었다. 그러나 청동 문을 부술 만한 폭약이나 도구는 찾을 수 없었다. 가장 쓸 만한 것이 고작 쇠막대기 정도였다. 그럼에도 불구하고 나는 자신감에 넘쳐 전시실을 빠져 나왔다.

길었던 그날 오후의 일을 빠짐없이 전부 다 말할 수는 없겠다. 내가 살펴본 것들을 순서에 맞추어 생각해 내기도 쉽지 않은 일이다. 녹이 잔뜩 슬어 있던 무기 진열대가 생각난다. 그때 쇠막대기 대신 도끼나 칼은 어떨까 하고 잠시 머뭇거렸지만 두 가지를 함께 들고 갈 수도 없고, 청동 문에는 쇠막대기가 제일 적절할 것 같아 그만 두기로 했다. 권총, 소총 등 총도 꽤 있었다.

대부분은 완전히 녹이 슬어 있었다. 개중에는 새로운 금속으로 만들어져 있어서 아직 쓸 만해 보이는 것도 있었지만 화약통이나 화약이 있었을 자리에는 완전히 부식되어 바스러진 먼지 밖에 없었다.

한쪽 구석에는 썩어 문드러진 검은 덩어리들이 여기저기 흩어져 있었다. 아마도 여러 전시품들이 함께 엉겨 붙어 썩어가다가 갑자기 폭발하듯 터진 모양이었다. 또 다른 곳에는 각국의 사람들을 인형으로 만들어 전시해 두고 있었다. 폴로네시아인, 멕시코인, 그리스 및 페니키아인 등등 지구상 모든 나라 사람들을 망라한 것 같았다. 그 중에 남미의 야만인이 유독 내 마음을 끌었다. 갑자기 억제하기 힘든 충동이 일어난 나는 비누

석*으로 만든 야만인의 코 위에 내 이름을 써 넣었다.

저녁이 다가오자 전시물에 대한 관심도 차츰 식어갔다. 나는 이 전시실에서 저 전시실로 오락가락 돌아다녔다. 전시실은 먼지와 정적만이 가득 했다. 또 어떤 곳은 완전히 폐허가 된 곳도 있었다. 어떤 진열품은 녹 덩어리, 혹은 갈탄 덩어리에 불과했지만 어느 정도 쓸 만한 것도 있었다. 그러다가 모형으로 만들어 놓은 주석 광산을 발견하게 되었다. 그리고 우연히도 단단히 밀봉된 케이스 안에서 다이너마이트 두 개를 찾아냈던 것이다!

"유레카!"

나는 케이스를 부수며 기쁨의 탄성을 질렀다. 하지만 곧 의심이 들었다. 잠시 망설이다가 옆에 있는 조그만 전시실을 골라 시험해 보았다. 그처럼 실망하기는 처음이었다. 5분, 10분, 15분. 다이너마이트가 폭발하기를 기다렸지만 아무 일도 일어나지 않았다. 그것은 모조 다이너마이트였다. 겉모습만 잘 살펴보았더라도 알 수 있었을 것이다. 가짜가 아니고 진짜였더라면 나는 그 길로 곧장 뛰어가 스핑크스와 청동 문을 날려 버렸으리라. 그러나 나중에 알게 될 일이지만, 만일 그랬더라면 타임머신을 영영 찾지 못 했을지도 모른다.

그리고 나서 우리는 그 건물 안쪽에 마련된 작은 안뜰로 갔다. 그곳에는 잔디가 심어져 있었고, 세 그루의 과일나무가 있었다.

---
*조각 재료 등에 이용되는 비누 같은 감촉의 돌

우리는 그곳에서 쉬면서 과일로 기운을 되찾았다. 일몰이 다가오자 나는 당장의 처지를 돌아보기 시작했다. 밤이 서서히 다가오고 있었지만 아직도 다른 이들이 쉽게 범접하지 못할 은신처는 찾지 못한 상태였다. 그러나 나는 그 점에 대해서는 별로 걱정하지 않았다. 몰록의 공격에 가장 효과적인 무기를 손에 넣었기 때문이었다. 바로 성냥을 갖고 있었던 것이다! 그리고 주머니 안에는 큰 불길을 일으킬 수 있는 장뇌도 있었다. 탁 트인 넓은 곳에서 불을 피워 놓고 밤을 지새우는 것이 최선의 방책이란 생각이 들었다. 그런 다음 아침이 되면 타임머신을 되찾는 것이다. 그렇지만 타임머신을 되찾기 위한 도구로는 쇠막대기 밖에 없었다. 그래도 많은 것을 알게 된 이제는 지난번과 달리 청동 문이 큰 문제가 되지 않을 것 같았다. 지금까지는 문 안쪽에 무엇이 있는지 알 수가 없었기에 함부로 힘을 가할 수가 없었던 것이다. 문 자체는 그다지 튼튼해 보이지 않았다. 쇠막대기로 충분히 열 수 있으리라 여겨졌다.

9

　　　　　태양이 아직 지평선 위에 얼굴을 남겨 놓고 있을 때 우리는 박물관에서 빠져 나왔다. 내일 이른 아침에는 하얀 스핑크스가 있는 곳에 도착하겠다고 마음먹었다. 그리고 밤이 되기 전에 지난번 걸음을 멈추게 했던 그 숲을 반드시 빠져나가야 한다고 결심했다. 내 계획은 일단 갈 수 있을 만큼 간 다음에 불을 피워 놓고, 그 불빛을 보호막 삼아 잠을 잔다는 것이었다. 나는 걸어가면서 나뭇가지나 마른 풀을 보이는 대로 주워 모았고, 곧 두 팔은 땔감으로 가득했다. 이렇게 짐을 들고 가다보니 예상보다 걸음이 늦어졌다. 그리고 위나도 몹시 지쳐 있었다. 나 또한 수면 부족으로 차츰 힘이 들었다. 그리하여 숲에 도착하기도 전에 완전히 밤이 되고 말았다. 숲 가장자리인 덤불 우거진 언덕에 올라서자 어둠이 무서운 위나는 자꾸 걸음을 멈추려 했다. 하지만 곧 닥쳐올 위험을 감지하고 있던 나는 쉬지 않고 나아갔다. 위험에 대한 예감이 경고의 소리로 바뀌어 나를 쉬지 않고 움직이게 재촉했던 것이다. 나는 어제 아침부터 한숨도 자지 못한 상태였다. 그래서 몸에서 열이 좀 나는 것 같았고 신경도 몹시 날카로워져 있었다. 몰려오는 졸음이 느껴졌다. 졸음에 빠지면 몰록이 몰려올 것임을 알고 있었다.

머뭇거리는 우리 등 뒤로 어두운 수풀 속에 웅크린 그림자 셋이 보였다. 우리 주위는 온통 덤불과 높이 자란 풀로 둘러싸여 있었다. 음험하고 은밀하게 다가오는 그들에게서 위험이 느껴졌다. 숲은 대략 그 폭이 1마일*도 채 안 되어 보였다. 만일 숲을 통과해 나무나 키 큰 풀이 없는 언덕 중턱까지 갈 수 있다면 더욱 안전한 쉼터가 될 것 같았다. 성냥과 장뇌를 사용하여 불을 밝히면 별 무리 없이 숲을 통과할 수 있을 터였다. 그러나 성냥불을 손에 들고 가려면 땔감을 포기해야 했다. 하는 수 없이 땔감을 내려놓았다. 그때, 여기에 불을 놓아 우리 뒤를 쫓는 녀석들을 놀라게 만들자는 생각이 들었다. 그것이 참으로 어리석은 짓이었음은 나중에 깨닫게 되지만, 당시에는 그들이 우리

---

*약 1.6킬로미터

뒤를 따라오지 못 하게 만들 좋은 방법으로 여겨졌던 것이다.

인적이 드물고 기온도 항시 일정한 곳에서 불이라는 것을 보기가 얼마나 어려운지에 대해 생각해 본 적이 있는지 모르겠다. 태양의 열기는 무언가를 태울 만큼 강하지 않다. 간혹 열대 지방에서 볼록렌즈 구실을 하는 이슬 방울로 인해 태양의 열기가 한 곳에 집중되기도 하지만 그래도 불을 낼 정도는 아니다. 강하게 내리치는 벼락도 거무스름하게 눋게 만들기는 해도 넓게 번져 나가는 불을 일으키지는 못한다. 식물이 썩어갈 때에 발생하는 열이 연기를 피우기도 하지만 그것 역시 활활 타오르는 경우는 거의 없다. 문명이 쇠락해 버린 이 세계는 불 지피는 방법을 잊은 지 오래였다. 내가 던져 놓은 땔감 위로 붉은 혀를 날름거리는 불길의 모습은 위나에게 새롭고도 신기한 것이었다.

위나는 그쪽으로 달려들어 불을 손으로 만지려 했다. 내가 붙잡지 않았더라면 불 속으로 뛰어들었을지도 모른다. 버둥거리는 위나를 부둥켜안고 숲속으로 뛰어 들어갔다. 뒤에서 일고 있는 불길이 한동안 앞길을 비춰 주었다. 돌아보니 뒤얽힌 나무줄기 사이로 불길이 보였다. 땔나무에서 타오른 불이 주변 덤불로 옮겨 붙고, 풀밭을 태우며 언덕 위로 번져갔다.

그 모습을 보니 웃음이 나왔다. 그리고 다시 앞에 보이는 시커먼 나무 쪽으로 향해 갔다. 위나는 거의 발작적으로 내 몸으로 파고들었다. 그래도 어둠에 눈이 익기 시작해서 나무에 부딪히지 않고 갈 수 있었다. 머리 위로는 온통 어둠 뿐이었다.

군데군데 하늘이 희미하게 푸른빛을 띠고 있을 뿐이었다. 나는 성냥을 한 개비도 쓰지 않았다. 왼팔로는 위나를 안았고 오른손에는 쇠막대기를 들었기 때문에 성냥을 켤 수 없었던 것이다.

한동안 내 발에 밟혀 부러지는 나뭇가지 소리와 나무 위를 부드럽게 스쳐 가는 미풍 소리, 그리고 나 자신의 숨소리와 귓속 혈관을 타고 들려오는 심장 고동 소리가 들을 수 있는 소리의 전부였다. 그때 주위에서 발자국 소리가 들리는 것 같았다. 그래도 나는 계속 앞으로 나아갔다. 발자국 소리는 점점 더 또렷해졌다. 그리고 지하 세계에서 들어 본 이상한 소음과 말소리가 들렸다. 몰록이 여럿 있는 것이 분명했다. 그들이 점점 가까이 다가오고 있었다. 잠시 뒤에는 무엇인가가 내 외투 옷자락을 잡아당겼다. 그리고 이내 다른 놈이 내 팔을 잡았다. 위나는 공포로 부들부들 떨더니 이내 얼어붙은 듯 꼼짝도 하지 않았다.

성냥을 켜야 했다. 하지만 성냥을 꺼내려면 안고 있던 위나를 내려놓아야 했다. 성냥을 찾느라 주머니를 뒤지는 사이에 내 무릎 주변에서 위나를 나에게서 떼어내려는 몸싸움이 벌어졌다. 겁에 질린 위나는 아무 소리도 내지 못 했지만 몰록들은 비둘기처럼 꾸륵거리는 특이한 소리를 내고 있었다. 작고 북슬북슬한 손이 외투 위를 타고 등을 거쳐 목을 만졌다. 순간, 성냥을 긋자 쉬익 하는 소리와 함께 성냥에 불이 붙었다. 성냥불을 들어 살펴보니 나무 사이로 도망치는 몰록들의 하얀 등이 보였다. 나는 주머니에서 장뇌 한 덩어리를 꺼내 성냥불이 사그라지기 시작하면 바로 불을 옮겨 붙일 준비를 했다. 그러고 나서 위나를 보았다. 위나는 내 다리를 꽉 잡은 채 꼼짝도 하지 않고 엎어져 있었다. 깜짝 놀란 나는 몸을 구부려 위나를 살펴보았다. 숨을 제대로 쉬지 못하는 것 같았다. 나는 장뇌 덩어리에 불을 붙인 다음 그것을 땅바닥에 던졌다. 던져진 장뇌는 사방으로 부서지면서 화염을 피워 올렸고, 어둠과 함께 몰록을 몰아내 버렸다. 나는 무릎을 꿇어 위나를 안아 올렸다. 뒤쪽 숲에서는 당황한 몰록들의 부산한 움직임과 수군거리는 소리로 가득했다.

위나는 정신을 잃은 것 같았다. 조심스럽게 내 어깨 위에 위나를 들쳐 매고 일어나 걸어가려 했다. 그때, 암담한 사실을 깨달은 나는 온몸이 얼어붙는 것 같았다. 성냥 가지고 실랑이 하느라, 또 위나를 보살피느라 몸 방향을 여러 번 바꾸었던 나는 어디로 가야 좋을지 방향 감각을 잃고 말았던 것이다. 청록색 도자기 궁전으로 되돌아가는 방향인지 뭔지 알 수가 없었다. 온몸에 식은땀이 흘렀다. 어떻게 할지 당장 결정해야 했다. 그곳에 불을 피우고 밤을 나기로 결심한 나는 풀로 덮인 나무줄기에 위나를 내려놓았다. 장뇌 덩어리의 불길이 약해지기 시작하자 서둘러 나뭇가지와 낙엽을 모았다. 내 주위의 어두운 곳 여기저기에서는 몰록의 눈이 석류석처럼 번뜩이고 있었다.

장뇌의 불이 약하게 흔들리다가 꺼져버리자 나는 성냥불을 켰다. 성냥불을 켜들자 위나에게 다가오던 두 개의 허연 인기척이 황급히 도망쳤다. 그 중 하나는 성냥불에 눈이 너무 부셨는지 그만 내 쪽으로 뛰어왔다. 나는 주먹을 날렸고, 거기에 맞아 뼈가 으스러진 듯 외마디 소리를 지르며 비척거리다가 바닥으로 고꾸라졌다. 또 다른 장뇌 하나에 불을 붙여 놓고 모닥불에 쓸 땔감을 찾았다. 그제야 나는 내 머리 위의 나뭇잎들이 얼마나 바싹 말라 있는지 알게 되었다. 타임머신을 타고 온 후로 한 1주일쯤, 비가 한 번도 오지 않았던 것이다. 그래서 이리저리 돌아다니며 떨어진 나뭇가지를 줍는 대신 그 자리에서 발돋움을 하여 나뭇가지를 꺾기 시작했다. 곧 생나무와 마른 나뭇가지가 숨막힐 듯한 연기를 내며 불타기 시작했다. 이제는 장뇌를 아낄 수 있었다. 쇠막대기 옆에 누워 있는 위나에게 시선을 돌렸다. 깨워 보려 애를 썼지만 죽은 듯이 쓰러져 있기만 했다. 숨을 쉬는 것인지, 안 쉬는 것인지조차 알 수가 없었다.

모닥불 연기가 나한테 몰려와 갑자기 정신이 몽롱해졌다. 게다가 장뇌 냄새도 주위에 가득했다. 모닥불은 그냥 놔두어도 한 시간 가량 유지될 터였다. 힘에 겨운 일을 겪고 난 뒤라 피로가 몰려 왔다. 나는 그 자리에 털썩 주저앉았다. 숲속에는 뜻 모를 단조로운 웅얼거림이 가득했다. 깜빡 존 것 같은 느낌에 바로 눈을 떴다. 그런데 모닥불은 사라지고 온통 어둠뿐이었다. 몰록의 손길이 느껴졌다. 끈끈하게 들러붙는 듯한 그들의 손길을 뿌리치고 나는 급히 주머니 안의 성냥을 찾았다. 그런데 주머니에 있던 성냥은 이미 거기 없었다! 그들은 다시 달려들어 나를 꽉 붙잡았다. 어찌된 일인지 알 수 있을 것 같았다. 잠이 들어 버렸던 것이다. 그 사이에 모닥불도 완전히 꺼져 버렸으리라. 죽음의 두려움이 몰려왔다. 숲은 나무 타는 냄새로 가득 차 있는 듯했다. 몰록들은 내 목과 머리카락, 그리고 양팔을 잡아당겼다. 북슬북슬한 느낌의 짐승들이 타고 누르자 말할 수 없이 격렬한 공포가 몰려들었다. 거대한 거미줄에 걸린 느낌이었다. 여러 놈들이 덤벼드는 통에 나는 땅에 쓰러지고 말았다. 목덜미를 물어뜯는 작은 이빨이 느껴졌다. 나는 몸을 옆으로 굴렸다. 그러자 손에 쇠막대기가 닿았다. 온몸에 기운이 솟았다. 나는 있는 힘을 다해 몸을 일으켜 쥐새끼 같은 것들을 떨쳐냈다. 그리고 쇠막대기를 짧게 잡고는 놈들의 얼굴이 있을 만한 곳을 후려갈겼다. 내리치는 몽둥이를 타고 살이 터지고 뼈가 부러지는 느낌이 손으로 전해져 왔다.

격렬한 싸움을 할 때 가끔 느끼는 이상한 희열에 휩싸였다. 나와 위나는 이제 가망이 없음을 알고 있었다. 그렇다고 순순히 그들의 먹잇감이 되고 싶지는 않았다. 그들도 대가를 치르게 하리라고 마음먹었다. 나무를 등지고 서서 쇠막대를 휘둘러댔다. 숲속은 그것들이 야단법석을 떨며 질러대는 신음 소리로 가득했다. 그렇게 1분쯤 지났을까? 흥분한 듯 그들의 목소리가 더욱 높아졌고 움직임도 빨라져 갔다. 하지만 내게 달려드는 놈은 하나도 없었다. 나는 어둠 속을 노려보며 서 있었다. 그때 갑자기 새로운 희망이 보였다. 몰록들이 두려워하는 모습을 보이는 것 아닌가. 곧 이상한 일이 일어났다. 어둠 가운데 빛이 번지는 듯한 느낌이었다. 아주 희미하게나마 내 주위에 있는 몰록들의 모습이 보이기 시작했다. 셋은 쇠막대기에 맞아 내 발 아래에 쓰러져 있었다. 믿어지지 않을 만큼 놀라운 일이 벌어졌다. 다른 놈들이 기다란 줄을 이루며 내 뒤에서 뛰쳐나와 앞쪽 숲을 향해 도망쳐 들어간 것이다. 그들의 등은 이제 허옇지 않고 붉은색을 띠고 있었다. 멍하니 서 있던 나의 눈에 별처럼 반짝이는 것이 들어왔다. 작은 불티가 나뭇가지 사이로 떠다니고 있었다. 그제야 모든 것이 이해되었다. 나무 타는 냄새, 이제는 비명으로 커져가고 있는 단조로운 웅얼거림, 붉은 섬광, 그리고 몰록들의 도주, 이 모든 것의 의미를 제대로 알게 되었다.

등지고 서 있던 나무에서 앞으로 걸어 나온 나는 뒤를 돌아다보았다. 검은 기둥 같은 모습으로 서 있는 나무들 사이로 불길에 휩싸인 숲이 보였다. 아까 질러 놓았던 불이 여기까지 타들어 온 것이었다. 위나를 찾아보았지만 그녀는 사라지고 없었다. 딱딱 소리를 내며 타는 소리와 새로 불이 옮겨 붙은 나무가 터지는 소리에 차분히 생각할 여유가 없었다. 여전히 쇠막대기를 손에서 놓지 않은 채, 나는 몰록의 뒤를 쫓아 달려갔다. 목숨을 건 필사의 경주였다. 달려가는 내 오른쪽으로 불길이 빠르게 번져 오는 통에 왼쪽으로 방향을 꺾어야 할 때도 있었다. 그러다가 마침내 작은 공터로 나오게 되었다. 그때, 몰록 하나가 비틀거리며 내 앞을 지나쳐 가더니 곧장 불길로 뛰어들었다.

나는 미래 세계에서 본 모습 중에서 가장 이상하고 끔찍한 것을 목격하게 되었다. 타오르는 화염으로 근방은 대낮처럼 밝았다. 공터 한 가운데에는 무덤처럼 보이는 자그마한 언덕이 있었고, 그 위에 불에 그슬린 산사나무가 한 그루 서 있었다. 이미 그 나무 너머 저편 숲까지 불길이 크게 번져 노란 혓바닥을 날름거렸다. 내가 서 있는 공터가 불로 완전히 포위되고 만 것이다. 언덕 중턱에 3, 40명의 몰록이 몰려 있었다. 불빛과 열기에 앞을 볼 수 없게 된 그들은 너무 당황한 나머지 이리 뛰고 저리 뛰다가 서로 부딪히곤 했다. 두려움으로 이성을 잃은 나는 처음에는 그들이 앞을 보지 못 한다는 것도 모르고 다가오는 몰록을 닥치는 대로 쇠막대기로 후려쳤다. 어떤 놈은 죽었고 여러 놈은 큰 부상을 당했다. 그러나 벌건 하늘을 등에 이고 산사나무 아래 모여 있는 저들의 몸짓을 보고, 또 신음 소리를 듣고 나서야 저들이 어찌 해볼 수 없는 난감한 상태에 빠졌음을 깨닫고서 더 이상 공격하지 않았다.

그래도 간혹 내 앞으로 뛰어드는 놈이 있었고, 그때마다 나는 재빨리 피했다. 불길이 좀 약해지는 듯 싶자, 몰록들이 다시 나를 노리지 않을까 두려워졌다. 그렇게 되기 전에 다시 맞붙어 싸울까 하는 생각도 들었다. 그들을 다시 때려 죽여야 할지 말지 고민하는 중에 불길이 다시 세차게 피어오르기 시작했다. 나는 순순히 두 팔을 내렸다. 몰록과 부딪히지 않도록 조심하면서, 그들 사이를 헤치며 언덕 근처에서 위나를 찾아다녔다. 그러나 위나는 어디에도 보이지 않았다.

마침내 무덤처럼 생긴 언덕 위에 올라앉아 기괴한 무리를 바라보게 되었다. 타오르는 불길이 저들의 모습을 환히 비추고 있었다. 눈이 보이지 않아 이리저리 더듬거리며 다니는 그것들은 서로 이상한 소리를 질러댔다. 소용돌이를 그리며 검은 연기가 하늘로 치솟았다. 붉게 물든 하늘에는 언뜻언뜻 구름이 비쳤다. 구름은 다른 우주에 속하는 듯 멀게만 보였다. 그 사이를 뚫고 조그만 별들이 빛났다. 몰록 두셋이 비틀거리며 또 내게로 다가왔다. 몸서리를 치며 주먹을 휘둘러 그들을 쫓아냈다.

이 모든 것이 악몽일 거라는 착각에 자주 빠져들곤 했다. 그럴 때면 정신을 차려야겠다는 생각에 입술을 깨물거나 크게 소리를 질렀다. 땅바닥을 두 손으로 내리치며 일어섰다 다시 앉기도 했고, 이리저리 걷다가 다시 제자리로 돌아오기도 했다. 두 눈을 비비면서 잠에서 깨어나게 해 달라고 신에게 애원했다. 몰록이 고통에 겨워 머리를 숙인 채 불길로 뛰어드는 모습을 세 차례나 보았다.

새날이 서서히 밝아왔다. 솟아오르는 검은 연기와 불타버린 나무둥치, 그리고 숫자가 줄어드는 몰록들 위로 날이 밝고 있었다. 다시 위나를 찾아보았다. 하지만 그 어디에도 흔적이 없었다. 몰록들이 숲속에 위나를 그냥 내버려두고 온 것은 분명했다. 내가 예상하고 있던 끔찍한 운명에서 벗어났다는 생각에 얼마나 큰 안도감이 들었는지 모른다. 그 '끔찍한 운명'을 떠올리기만 해도 무기력하게 우왕좌왕하는 몰록들을 모두 다 때려

죽이고 싶은 충동이 치밀었다. 그러나 가까스로 충동을 억제할 수 있었다. 아까 말했듯이 내가 서 있는 언덕은 마치 숲의 바다에 떠 있는 섬 같았다. 그곳에서는 연기 속에 아른거리는 청록색 도자기 궁전이 보였고, 하얀 스핑크스가 어느 쪽 방향에 있는지도 알 수 있었다. 그래서 날이 밝자마자 이곳저곳을 헤매면서 신음하고 있는 몇몇 몰록을 남겨 놓은 채 그 자리를 벗어났다. 발에 풀을 감아 신발로 삼고는 연기를 피워 올리는 잿더미와 검게 타버린 나무둥치를 뚫고 타임머신이 숨겨진 곳으로 절름거리며 걸어갔다. 잿더미와 나무둥치 속에는 아직 뜨거운 불기가 담겨 있었다. 나는 너무 지쳤고, 발까지 아파서 천천히 걸을 수밖에 없었다. 또한 위나가 고통 속에서 죽었으리라 생각하니 견딜 수 없는 슬픔이 밀려왔다. 그것은 너무도 큰 불행이었다. 그런데 지금 편안한 내 집에 앉아 그 이야기를 하고 있자니 이제는 그 슬픔마저 꿈속의 일처럼 느껴진다. 하지만 그날 아침만 해도 나는 도저히 견딜 수 없는 외로움에 사로잡혀 있었던 것이다. 내가 사는 이 집과 이 난로가, 그리고 친구들이 떠오르기 시작했다. 그런 생각이 떠오르자 돌아가고 싶다는 바람에 마음이 어지러웠다.

그러나 밝은 아침 햇살을 받으며 연기 나는 잿더미를 밟고 가다가 한 가지 사실을 알아차리게 되었다. 바지 주머니에 아직도 성냥이 몇 개비가 남아 있었던 것이다. 성냥갑을 잃어버리기 전에 몇 개가 성냥갑에서 새어나온 것이 틀림없었다.

10

　　　　　대략 아침 8시나 9시가 되었을 무렵에 노란 금속으로 만들어진 의자에 다다랐다. 미래 세계에 도착했던 날 저녁에 올라앉아 주변을 바라보았던 바로 그 의자였다. 그때 성급하게 미래 세계에 대한 판단을 내렸던 일을 생각하고는 확신에 차 있던 내 모습에 씁쓸한 웃음을 짓지 않을 수 없었다. 아름다운 풍경과 무성한 수풀, 멋진 건물과 거대한 폐허, 그리고 비옥한 둑 사이를 흐르는 은빛 강, 그 모두가 지난번과 하나도 다르지 않고 똑같았다. 밝은 옷을 입은 아름다운 엘로이들이 나무 사이사이로 오가는 모습이 보였다. 지난번 위나를 구했던 바로 그 장소에서 멱을 감는 이들도 있었다. 그 모습들에서 찢어질 듯한 고통이 솟았다.

우물을 덮은 둥근 지붕들이 마치 얼룩처럼 이곳저곳에 모습을 드러내고 있었다. 이제 나는 지상 사람들의 아름다운 모습이 미치지 못 하는 곳이 있음을 알게 되었다. 들판에 노니는 소 떼처럼, 그들은 환한 낮에 즐거운 생활을 했다. 또 소와 마찬가지로 그들을 노리는 존재가 있다는 것도 몰랐고, 아무 대비도 하지 않았다. 그리고 그들은 소와 같은 종말을 맞게 될 터였다.

인간의 지능이 얼마나 덧없는 것인가 하는 생각이 들어 나는 몹시 슬퍼졌다. 인간의 지능은 스스로를 파괴해 버렸다. 안락과 편리를 향해 쉬지 않고 나아갔고, 마침내 인간이 바라던 사회, 즉 안전과 영속성이 조화를 이룬 사회가 건설되었다. 생명과 재산의 안전이 완벽하게 보장되었다. 부자에게는 부와 안락이 보장되고, 노동자에게는 그들의 생명과 노동이 보장되었다. 그 완벽한 사회에서는 실업 문제 등, 해결되지 않은 문제가 하나도 없었다. 그렇게 완벽한 평화의 시대가 도래했다.

거기에 우리가 간과한 자연의 법칙이 있었다. 지적 능력이란 변화와 위험과 어려움을 통해 얻어지는 자연의 산물이라는 점이다. 주위 환경과 완벽한 조화를 이루어 살아가는 생명체는 단지 완벽한 기계에 불과하다. 지능이란 습관이나 본능이 더 이상 먹혀 들지 않는 상황에서 요구된다. 변화나 변화의 필요성이 없는 곳이라면 지능이 설 자리 따위는 없어진다. 커다란 문제나 위험에 맞서야만 그 생명체는 지능을 소유할 수 있다.

 그리하여 지상 사람들은 연약하지만 아름다운 존재로 변해 갔고, 지하 세계는 단순히 기계적으로 생산만 하는 사회가 되었다. 그러나 이 완벽한 상태도 한 가지가 결여되어 있었다. 즉, 완전한 영속성이었다. 정확한 이유는 알 수 없지만 시간이 흐르자 지하 세계에 대한 식량 공급이 제대로 이루어지지 않게 된 것이다. 그로써 수천 년 동안 한 구석에 처박혀 있었던, 발명의 어머니라 불리는 '필요'가 다시 등장하게 되었다. 지하 세계에서는 기계를 다루었다. 아무리 기계가 완벽하다고 해도 단순한 습관 외에 약간의 지적 능력도 요구되기 마련이다. 따라서 지하 인간은 지상 사람에 비해 인간적 품성면에서는 떨어졌지만 창의성에서는 앞서갈 수 있었다. 그래서 식량 확보에 어려움을 겪던 지하 인간은 그때까지 금기시했던 인육을 먹기 시작한 것이다. 그것이 서기 80만 2701년에 목격한 세상이었다. 내 설명이 틀릴 수도 있지만, 아무튼 내가 얻은 결론은 그러하다.

 슬픈 심경에도 불구하고 지난 며칠간의 고된 일과 흥분, 그리고 공포를 거친 연후라 그런지 편안한 자리에 앉아 따뜻한 햇살을 받으며 평화로운 경치를 바라보니 마음이 한결 가벼워지는 듯했다. 온 몸이 노곤해지며 잠이 몰려왔다. 지능에 대한 문제를 골똘히 생각하던 나는 어느덧 고개를 꾸벅거리며 졸기 시작했다. 그러다가 조느니 차라리 푹 잠을 자는 편이 좋을 것 같아 잔디밭 위에 몸을 펴고 누워 오랫동안 단잠을 잤다. 거의 해가 질 때쯤 되어서야 잠에서 깨어났다. 이제는 몰록에게 붙들릴 염려가 없었기 때문에 나는 크게 기지개를 켜고 하얀 스핑크스를 향해 언덕을 내려왔다. 한 손에는 쇠막대기를 들었고 다른 한 손은 주머니 속의 성냥을 만지작거리고 있었다.

그런데 전혀 예상하지 못한 일이 일어났다. 스핑크스 받침대로 다가가 보니 청동 문이 모두 활짝 열려 있었던 것이다. 아래에 파인 홈 사이로 모두 밀려 내려가 있었다.

그 앞에 멈춰 선 나는 잠시 들어가기를 망설였다.

안에는 좁은 공간이 있었는데, 한 구석은 약간 높은 단을 이루고 있었다. 그 단 뒤에 타임머신이 놓여 있었다. 주머니 속에는 타임머신을 작동시킬 수 있는 레버가 있었다. 청동 문을 부수려고 철저히 준비하고 왔는데, 이렇게 쉽게 들어가게 될 줄이야! 사용하지 못하게 된 것을 유감스럽게 생각하며 나는 쇠막대기를 집어 던졌다.

몸을 굽혀 받침대 안으로 들어설 때, 갑자기 머리에 떠오르는 것이 있었다. 몰록의 꿍꿍이에 대해 생각이 미친 것이다. 나는 터져 나오려는 웃음을 참으며 청동 문으로 들어가 타임머신 쪽으로 갔다. 놀랍게도 타임머신은 세밀한 부분까지 기름이 쳐졌고 깨끗하게 청소까지 되어 있었다. 혹시 몰록이 어떤 기계인지 알아보려고 분해한 곳이 있을지도 모른다는 생각이 들었다.

나는 타임머신 옆에 서서 기계를 살펴보았다. 타임머신을 다시 만져보는 것만으로도 기분이 좋아졌다. 그때, 내가 예상했던 일이 일어났다. 청동 판이 갑자기 밀려 올라오더니 문틀에 부딪혀 금속성 소리를 내며 닫힌 것이다. 나는 어둠에 갇혀 버렸다. 몰록들은 내가 덫에 걸렸다고 생각할 터였다. 그러나 나는 그들을 비웃고 있었다. 음흉하게 속삭이면서 그들이 내게 다가왔고, 곧 웃음소리가 들려왔다. 나는 아주 침착하게 성냥 켤 준비를 했다. 성냥을 켠 다음 조종 레버를 기계에 끼우고 유령처럼 사라지기만 하면 될 일이었다. 그런데 나는 한 가지를 놓치고 있었다. 성냥은 성냥갑이 있어야만 불을 켤 수 있는 물건이라는 사실을 잊은 것이다.

얼마나 당황스러웠는지 능히 상상할 수 있으리라. 그 작은 괴물들이 코앞까지 다가왔다. 한 놈이 내 몸에 손을 댔다. 보이지 않는 녀석을 향해 어둠 속에서 레버를 휘두르고는 타임머신 좌석으로 기어올라갔다. 그때 손 하나가 나를 덮쳤고, 또 다른 손 하나가 그 뒤를 따랐다. 레버를 빼앗으려는 그들의 손과 싸우면서 동시에 레버 꽂을 자리를 더듬어 찾았다. 레버 중 하나는 거의 그들에게 빼앗길 판이었다. 레버가 내 손아귀에서 벗어나려는 순간, 어둠을 향해 힘껏 박치기를 했다. 몰록의 두개골이 퍽 하며 갈라지는 소리가 났고, 나는 레버를 되찾을 수 있었다. 이 마지막 싸움은 숲속에서의 싸움보다도 더 필사적이었다.

그래도 끝내 레버를 제자리에 끼워 넣고는 밀었다. 나를 붙잡고 있던 손들이 미끄러지듯 떨어져 나갔다. 나는 앞서 이야기했던 회색의 혼돈 속으로 빠져 들어갔다.

11

　　　　　시간 여행 중에 생기는 구토증과 혼란스러움은 이미 이야기한 바 있다. 더구나 이번에는 자리에 제대로 앉지도 못해 안장 옆에 불안정한 자세를 취하고 있었다. 얼마나 긴 시간 동안인지 알 수는 없었지만 이리저리 요동치며 흔들리는 기계에 매달려 있어야만 했다. 어디를 향해 가는지도 알 수가 없었다. 간신히 계기반을 살펴본 나는 깜짝 놀랐다. 잘못된 곳으로 가고 있었던 것이다. 한 계기반의 눈금 하나는 1일, 또 다른 계기반의 눈금은 각각 1000일, 100만일, 10억 일을 표시하게 되어 있었다. 그런데 과거로 가게 레버를 조작한 것이 아니라 미래로 날아가도록 레버를 밀었던 것이다. 계기반을 보니 1000일 단위의 바늘이 시계 초침처럼 빠르게 움직였다. 나는 빠른 속도로 미래를 향해 날아가고 있었던 것이다.

그렇게 미래로 날아가자 주위 사물들이 이상한 모습으로 변해갔다. 껌벅이던 회색이 점점 어두워졌다. 엄청나게 빠른 속도로 시간 여행을 하고 있었는데도 낮과 밤의 반복에 의한 깜박거림이 점점 더 명료해져 갔다. 낮과 밤의 간격이 길어지고 있음을 의미했다. 처음에는 그런 사실을 도무지 이해할 수가 없었다. 낮과 밤의 교체가 점점 더 느려지고 하늘을 가로지르는 태양의 움직임 역시 마찬가지로 느려졌다. 그리고 낮과 밤이 각각 수세기 동안 바뀌지 않고 유지되는 것 같았다. 마침내 그 어스름은 일정한 밝기를 유지하며 온 땅을 덮었다. 어두운 하늘을 밝게 빛나며 가로지르는 혜성으로 인해 간혹 그 일정한 상태가 깨질 따름이었다. 태양이 만드는 기다란 빛의 띠도 이미 오래 전에 사라져 버렸다. 태양이 더 이상 땅 밑으로 가라앉지 않았던 것이다. 그저 서쪽에서 솟았다가 다시 가라앉기를 반복할 따름이었고, 더욱 커진 모습에 더욱 붉은 빛을 띠었다. 달의 흔적도 볼 수 없었다. 원을 그리는 별들의 움직임도 점점 더 느려졌다. 그리고 끝내는 느리게 기어 다니는 한 점 빛으로 꺼져갔다. 마침내 타임머신을 멈추기 조금 전에는 거대한 크기의 붉은 태양이 지평선 위에 걸쳐진 채 멈춰 버리고 말았다. 태양은 희미한 열기를 발하며 빛나는 거대한 원형 지붕의 모습으로 곧 사라져 버릴 운명을 맞이하고 있었다. 잠시 태양이 다시 밝게 빛을 발했다. 그러나 곧 음침한 붉은 빛으로 돌아가 버렸다. 태양의 뜨고 짐이 느려진 것으로 보아 인력에 어떤 변화가 있음을 짐작할 수 있었다. 현재 달이 지구를 향해 한 쪽 얼굴만을 드러내듯이 지구도 한 쪽 면만 태양을 향하게 된 것이다. 거꾸로 떨어졌던 지난번 일이 생각나 이번에는 아주 조심스럽게 속력을 늦추기 시작했다. 계기반 바늘들의 회전 속도가 점차 줄어들었고, 드디어 1000단위 계기반의 바늘은 멈추어 선 듯 아무 움직임이 없었다. 엄청나게 빠른 회전으로 인해 뿌옇게만 보이던 1일 단위 계기반도 이제는 깨끗한 모습이었다. 속도를 더욱 늦추자 황량한 해안의 윤곽이 보이기 시작했다.

나는 아주 천천히 타임머신을 세우고 자리에 앉은 채 주위를 둘러보았다. 하늘은 더 이상 푸르지 않았다. 북동쪽에는 칠흑같은 어둠이 자리하고 있었고 그 어둠 속에서 은은한 빛깔의 별들이 밝게 빛났다. 그런데 그 별들은 조금도 깜빡이지 않았다. 머리 바로 위의 하늘은 짙은 황적색을 띠었고 별은 하나도 보이지 않았다. 남서쪽으로 눈을 돌리자, 점점 밝아지는 하늘이 타는 듯한 진홍빛을 띠었으며, 풍선처럼 부푼 붉은 태양은 지평선에 몸을 반쯤 가린 채 꼼짝도 하지 않고 그 자리에 있었다. 주변 암석은 눈에 거슬리는 붉은색 계열이었다. 보이는 생명체의 흔적이라고는 바위의 남동쪽 면을 덮은 녹색 식물뿐이었다. 숲속 깊은 곳이나 동굴에서 볼 수 있는 이끼처럼 선명한 녹색의 식물로, 빛이 잘 닿지 않는 환경에서 자라는 종류였다.

 타임머신은 경사진 해변 위에 올라가 있었다. 남서쪽으로 펼쳐진 바다는 창백한 하늘과 대비되는 선명한 수평선을 그렸다. 해변에 부서지는 파도도 출렁이는 물결도 볼 수 없었다. 바람 한 점 불지 않았던 것이다. 바다는 단지 조용히 숨을 쉬듯 해수면이 살짝 솟았다가 다시 꺼질 따름이었지만 그래도 영원의 바다가 아직은 살아 움직이고 있음을 말해 주고 있었다. 간간이 파도가 부서지는 해변에는 소금이 두껍게 덮여 있었고, 소금은 붉은 하늘로 인해 연분홍색을 띠었다. 머리라도 얻어맞은 듯, 멍한 느낌이었다. 숨을 헐떡이고 있음을 그제야 깨달았다. 언젠가 등산을 하면서 느꼈던 답답함이 연상되었다. 그것으로 미루어 볼 때 우리 시대의 공기보다 희박해진 것이 틀림없었다.

 황량한 언덕 위에서 날카로운 소리가 났다. 거대한 크기의 하얀 나비 모양을 한 것이 비스듬히 하늘 위로 날아올라 원을 그리더니 저쪽 낮은 언덕으로 사라져갔다. 그 소리가 너무나 무시무시하게 들렸기 때문에 나는 타임머신 조종석에 꼭 붙어 앉아 있었다. 다시 한번 주위를 살펴보니 붉은 바위라고 생각했던 것들이 서서히 내게 다가오고 있는 것이었다. 그리고 실은 그것이 게처럼 생긴 엄청난 크기의 괴물임을 깨닫게 되었다. 저기 있는 탁자만큼 큰 게를 한번 상상해 보라. 여러 개의 다리를 천천히 움직이며 커다란 집게발을 이리저리 흔드는 모습, 마차몰이꾼의 채찍처럼 기다란 더듬이로 더듬거리며 앞을 살피는 모습, 또 금속 같은 얼굴 양옆에서 줄기처럼 뻗어 나온 눈으로 이쪽을 바라보는 모습을 생각해 보라. 그들의 등딱지는 잔뜩 주름이 잡혀 있었고 흉물스런 돌기가 돋아 있었다. 또 푸르스름한 딱지가 여기저기 부스럼처럼 나 있었다. 복잡한 모양의 입에서 나온 여러 개의 촉수는 나풀거리듯 흔들리며 땅을 더듬었다.

  그런 흉측한 괴물이 나를 향해 다가오자 파리가 앉은 것처럼 뺨이 간지러웠다. 손으로 뺨을 쓸어 내렸지만 간지러운 느낌은 가시지 않았다. 오히려 귀에도 간질거리는 느낌이 나기 시작했다. 손바닥으로 때리자 긴 실 같은 것이 손에 닿았다. 실 같은 그것은 재빨리 손에서 빠져나갔다. 소스라치게 놀라 뒤를 돌아보자 거대한 괴물 게 한 마리가 있었다. 내가 손바닥으로 친 것은 그 놈의 더듬이였던 것이다. 가는 줄기처럼 생긴 것 위에 얹혀 있는 흉측한 두 눈을 이리저리 굴리면서 입은 무언가를 먹으려는 듯 게걸대는 모습이었다. 크고 흉한 집게발에는 해조류 찌꺼기가 덕지덕지 붙어 있었다. 그 놈이 나에게 덤벼들기 시작했다. 즉시 손을 레버 위에 올려 한 달 앞으로 나아갔다. 그러나 나는 같은 해안에 있을 수밖에 없었다. 타임머신을 멈추자 흉측한 그놈들이 여전히 그 자리를 지키고 있었다. 흐릿한 어스름 아래 수 십 마리가 선명한 녹색의 이끼를 뚫고 이리저리 기어 다니고 있었던 것이다.

  온 세상을 덮고 있던 소름끼치는 그 황량함은 도저히 표현할

길이 없다. 불그스레한 동쪽 하늘과 칠흑 같은 북쪽 하늘, 죽음의 소금 바다, 바위투성이 해안과 그 위를 느릿느릿 기어 다니는 역겨운 괴물들, 독을 품은 듯한 녹색 이끼류 식물들, 숨쉬기가 고통스러울 정도로 희박한 공기, 모든 것이 형용하기 어려운 황량함을 연출하고 있었다. 100년을 더 앞으로 나아갔다. 여전히 태양은 불그레한 모습이었다. 다만 약간 더 커지고 조금 더 흐릿한 모습으로 바뀌어 있었다. 죽어 가는 바다도 마찬가지였고, 공기도 여전히 차가웠다. 녹색 이끼와 붉은 바위 사이로는 여전히 징그러운 갑각류가 기어 다녔다. 서쪽 하늘에는 거대한 초승달 모양을 한 연한 빛깔의 곡선이 보였다.

나는 그렇게 1000년을 단위로 가다 서다를 반복했다. 지구의 운명이 궁금했던 것이다. 서쪽 하늘의 태양이 점점 커져가며 빛을 잃어 가는 것과 지구 위의 생명체가 사라져 가는 것을 홀린 듯 지켜보았다. 그리고 마침내 지금으로부터 3000만년이 지난 시점이 되자 거대한 붉은 태양은 어두운 하늘을 거의 10분의 1이나 차지했다. 나는 그때 다시 한번 타임머신을 멈추었다. 바닥을 기어 다니던 수많은 게는 사라져 버렸고, 붉은 해변은 거무스름한 녹색 이끼를 빼고는 아무 생명체도 보이지 않았다. 그리고 하얀 반점들이 해변에 보이기 시작했다. 심한 추위가 닥쳐왔다. 간혹 흰 눈이 쏟아져 내렸다. 북동쪽의 검은 하늘 속에는 빛나는 별이 있었고, 그 아래에는 별빛을 받아 하얗게 빛나는 눈이 자리했다. 파도치듯 기복을 그리는 언덕들은 꼭대기에 연분홍색이 도는 흰 눈을 이고 있었다. 해변은 얼음으로 덮여 있었고, 바다에는 거대한 얼음 덩어리가 떠다녔다. 그래도 영원한 석양을 받아 핏빛을 띤 바다는 대부분 얼지 않은 채로 남아 있었다.

살아남은 동물이 없는지 주위를 살펴보았다. 그때까지도 왠지 모를 두려움 때문에 나는 타임머신 의자에서 일어나지 못하고 앉아 있었다. 그러나 땅과 하늘과 바다를 살펴보아도 움직이는 것은 전혀 보이지 않았다. 다만 바위에 붙어있는 점액질의 이끼만이 생명체가 소멸하지 않았음을 말해 주었다. 바다에는 얕은 모래톱이 드러나 있었다. 바닷물이 빠진 것이었다. 모래톱 위로 무언가 시커먼 것이 튀어 오른 것 같았다. 그렇지만 가만히 쳐다보았더니 더 이상 움직이지 않았다. 단지 바위에 지나지 않는 것을 잘못 본 모양이라고 생각했다. 하늘의 별은 엄청나게 밝은 빛을 내면서도 거의 깜박이지 않았다.

문득 태양의 둥근 윤곽 중 서쪽 부분에 변화가 일어났음을 발견했다. 움푹 파인 곳이 생겼던 것이다. 그리고 그 팬 부분이 점점 더 커졌다. 놀란 나는 태양을 잠식해 들어가는 검은 그림자를 잠시 바라보았다. 그러다가 곧 일식이 시작되고 있음을 깨달았다. 달이나 수성이 태양 앞을 가로지르는 것이리라. 처음에는 당연히 달이라고 생각했다. 하지만 지구 안쪽 궤도를 도는 행성 중 하나가 지구를 스쳐 지나가고 있었던 것은 아니었을까 하는 생각이 들기도 한다.

빠르게 어둠이 몰려왔다. 동쪽에서는 차가운 바람이 격렬하게 불어왔고, 흰 눈송이도 더욱 세차게 쏟아졌다. 해변에는 물결이 일렁이면서 속삭이듯 여린 소리를 냈다. 그런 생명 없는 소리를 제외하면 온 세상은 침묵뿐이었다. 과연 침묵이라고 해야 옳을까? 나는 도저히 그 적막함을 제대로 묘사할 도리가 없을 것 같다. 사람들 소리, 양들의 울음소리, 새들의 지저귐, 벌레 소리를 비롯한 우리 생활 속에 항상 깔려 있던 소리가 모두 사라져 버렸던 것이다. 어둠이 더욱 짙어지자 거세진 눈발이 어지럽게 흩날렸고 차가운 바람도 더욱 세게 불었다. 마침내 저 멀리 하얀 산봉우리들이 하나둘씩 어둠 속으로 사라져갔다. 조용하던 바람이 이제는 울부짖고 있었다. 일식 그림자 중 가장 어두운 중심 부분이 내게 다가오고 있음이 보였다. 잠시 후 희미한 별들 말고는 아무 것도 보이지 않았다. 그 외에는 모든 것이 암흑에 싸여 있었다. 하늘도 칠흑같이 어두웠다.

그 엄청난 어둠이 닥치자 나는 두려움에 빠지게 되었다. 뼛속 깊이 스며드는 추위와 숨 쉴 때마다 느껴지는 고통에 나는 정신을 차릴 수가 없었다. 온몸이 오한으로 부들부들 떨렸고, 참을 수 없는 구토증이 일어났다. 태양 가장자리가 빨갛게 달아오른 활 모양으로 나타나기 시작했다. 구토증을 달래려고 타임머신에서 내렸다. 너무 어지러웠기 때문에 시간 여행을 하기 어려울 것 같았다. 매스꺼움과 어지러움을 달래며 서 있던 나는 아까 그 모래톱 위에서 움직이던 것을 다시 보게 되었다. 움직이는 것이 확실했다. 붉은 바다를 배경으로 움직이는 모양이 확실하게 눈에 들어왔던 것이다. 그것은 동그란 공 모양이었다. 크기는 축구공이나 그보다 약간 큰 정도로, 더듬이가 길게 늘어져 나와 있었다. 출렁대는 핏빛 바다를 배경으로 하고 있어서 시커멓게 보였다. 그 놈은 발작을 하듯 위로 튀어 올랐다. 나는 기절할 것만 같았다. 그러나 끔찍한 어스름이 덮여 있는 머나먼 세계에서 그냥 쓰러져 있을 수 없다는 생각에 타임머신 좌석으로 간신히 기어 올라갔다.

12

           나는 그렇게 해서 돌아오게 되었다. 한동안 타임머신을 탄 채 정신을 잃고 있었던 모양이다. 깨어보니 다시 낮과 밤이 번쩍거리며 지나갔다. 태양은 다시 금빛을 띠었고 하늘도 파래졌다. 이제는 숨도 편하게 쉴 수 있었다. 지형선地形線이 널을 뛰듯 솟았다가 다시 꺼지기를 반복했다. 계기반의 바늘들은 거꾸로 빠르게 맴을 돌고 있었다. 그리고 마침내 희미하게 엘로이들이 살던 건물의 모습이 보였다. 그러나 그 모든 것들도 사라지고 또 다른 것이 몰려왔다. 100만 단위 계기반의 바늘이 0을 가리키자 나는 속도를 줄였다. 작고 낯익은 우리 시대의 건물이 보이기 시작했다. 1000단위 바늘은 제자리로 돌아왔고 낮과 밤의 바뀜도 차차 느려졌다. 그 즈음 실험실 벽이 내 주위에 생겨났다. 아주 부드럽게 나는 타임머신의 속도를 늦추어 갔다.

그런데 한 가지 사소하지만 이상한 것을 보게 되었다. 처음 시간 여행을 시작한 직후, 아직 타임머신의 속도가 그리 빠르지 않을 때 워체트 부인이 마치 로켓처럼 빠른 속도로 움직이더라는 것은 이미 이야기한 바 있다. 그런데 내가 현재로 돌아오면서 그 시간을 통과하다 보니 이번에는 그때의 움직임과 정반대였다. 문이 열리고 미끄러지듯 조심스럽게 실험실 안으로 들어온 그녀는 뒷걸음질을 했다. 방으로 들어 온 그녀는 다시 뒷걸음을 치며 방금 들어왔던 문으로 빠져나갔다. 그 조금 전에는 힐리어가 순간적으로 보인 것 같더니 번개처럼 사라졌다.

나는 타임머신을 세웠다. 그리고 낯익은 실험실의 모습을 둘러보았다. 실험도구와 장비 모두는 내가 떠나올 당시 그대로였다. 나는 비틀거리며 겨우 타임머신에서 내려와 의자에 앉았다. 한동안 온몸이 부들부들 떨렸다. 잠시 후 차츰 진정이 되기 시작했다. 내 주위 실험실은 변함이 없었다. 내가 여기서 잠들었던 것은 아닐까? 모든 것이 꿈이었을지도 모른다는 생각이 들었다.

그러나 다른 점이 분명히 있었다! 출발 당시 타임머신은 실험실 남동쪽 구석에 놓여 있었는데 지금은 북서쪽에 자리하고 있다는 것이었다. 여러분이 보고 있는 이 벽 쪽에 붙어 있는 것이다. 그 차이는 정확히 잔디밭에서 몰록들이 타임머신을 옮겨 놓은 하얀 스핑크스의 받침대까지의 거리였다.

한동안 나는 아무 생각도 할 수 없었다. 그러나 이윽고 자리에서 일어나 이 방을 향해 걸었다. 발뒤꿈치가 아직 아팠기 때문에 절룩거리며 걸었다. 또 오랫동안 씻지 못했기 때문에 아주 찜찜했다. 문 앞에 놓인 '폴몰 가제트' 신문을 보고서야 오늘이 무슨 날인지 알 수 있었다. 시계를 보니 거의 8시였다. 여러분의 목소리와 접시 딸그락거리는 소리가 들렸다. 나는 망설였다. 병에 걸린 것처럼 기운이 하나도 없었기 때문이었다. 그때 맛있는 고기 냄새가 풍겨 왔고, 참을 수 없었던 나는 문을 열고 들어 섰다. 그 후에는 여러분이 보았듯이 몸을 씻고 식사를 하고, 이렇게 여러분에게 이야기를 들려 주고 있는 것이다.

잠시 이야기를 멈춘 시간 여행자는 다시 말을 이어갔다.

"물론 지금 한 이야기가 도무지 믿어지지 않으리란 건 잘 알고 있네. 하지만 나로서는 내가 여기 내 집에 와 있다는 사실이야말로 믿어지지 않는다네. 그래서 정다운 친구들의 얼굴을 마주하고 이런 이상한 여행담을 얘기할 수 있게 된 것이 믿어지지 않는군."

시간 여행자는 의사를 바라보며 말했다.

"아니, 자네는 절대 믿지 않을 테지. 그래, 내가 거짓말을 했다고 치세. 아니면 내가 예언을 하는 거라고 생각하거나 실험실에서 자다가 꿈을 꾼 것이라고 믿어도 좋네. 인류의 운명에 대해 골똘히 생각하다가 지어낸 얘기라고 받아들여도 좋겠지. 아니면 자네들의 흥미를 돋우기 위해 내가 사실이라고 우기는 거라고 해 보세. 자, 그렇다면 이 짤막한 소설에 대한 자네들의 견해는 어떠한가?"

그는 담배 파이프를 집어 들더니 평소 버릇대로 벽난로 가로막대에 대고 가볍게 두드렸다. 잠시 침묵이 흘렀다. 그리고 의자가 삐걱대기 시작했고, 카펫에 문지르는 신발 소리가 들리기 시작했다. 나는 시간 여행자에게서 시선을 거두어 다른 이들의 얼굴을 둘러보았다. 그들은 어둠에 묻혀 있었고, 난로에서 나온 빛이 작은 얼룩이 되어 그들 앞에서 춤추듯 너울거렸다. 의사는 온 정신을 집중해 시간 여행자를 주시하는 듯했다. 편집장은 피우던 시가의 끄트머리를 노려보듯 쳐다보고 있었다. 벌써 여섯 개비째 시가였다. 신문기자는 시계를 만지작거렸다. 다른 사람들은, 내 기억에 의하면 꼼짝도 하지 않고 잠자코 있었던 것 같다.

편집장이 크게 숨을 내쉬며 자리에서 일어났다.

"자네가 소설가가 아닌 게 정말 유감이군."

그는 시간 여행자의 어깨에 손을 올려놓으며 말했다.

"내 얘길 못 믿겠나?"

"음, 그러니까……."

"못 믿을 거라고 생각했네."

시간 여행자는 우리 쪽으로 시선을 돌렸다.

"성냥 어디 있지?"

파이프에 불을 붙이느라 뻐끔거리며 그가 말했다.

"사실은 나도 잘 믿어지지가 않네. 그런데 말이야……."

아무 말 없이 그는 작은 탁자 위에 놓여 있던 시든 흰 꽃들을 바라보았다. 그러고는 파이프 담배를 쥐고 있던 손을 뒤집어 반쯤 아문 손등 위의 상처를 유심히 보는 것이었다.

의사는 자리에서 일어나 램프 가까이 다가가더니 꽃을 살펴보기 시작했다.

"이 꽃의 암술은 희한한 걸."

의사가 말하자 심리학자도 꽃 한 송이를 손에 들고 몸을 숙여 살펴보기 시작했다.

"이거 큰일이군요. 벌써 12시 45분이나 됐네요. 어떻게 집으로 돌아가죠?"

신문기자가 말했다.

"역에 가면 아직 마차가 많이 있다네."

심리학자가 말해 주었다.

"이상하군. 어디에 속하는 꽃인지 도무지 모르겠군. 이거 내가 가져가도 되겠나?"

의사가 물었다.

시간 여행자는 잠시 머뭇거리더니 거절했다.

"안 되네."

"자네 정말 이거 어디에서 구한 건가?"

의사가 물었다.

시간 여행자는 손을 머리 위에 얹어 놓았다. 마치 생각을 꼭 붙잡아 놓으려는 사람처럼 말을 이어갔다.

"위나가 주머니에 꽂아 준 꽃이야."

그는 방안을 한번 둘러보았다.

"진짜 그게 모두 환상이었단 말인가? 이 방과 자네들과 그리고 매일매일 겪는 일만을 기억하기도 벅찬 일이지. 내가 진짜로 타임머신을 만들었나? 아니면 단지 모형만 만들었던 걸까? 모든 게 다 꿈이었을까? 인생은 한낮 꿈이라고 하지 않던가. 때때로 악몽으로 바뀌는 그런 꿈 말일세. 하지만 서로 상치되는 두 개의 꿈을 꾸는 건 참을 수 없는 일이네. 상치되는 두 개의 꿈, 그건 미쳤다는 얘기야. 그 꿈은 어디에서 비롯된 것이었을까? 타임머신을 살펴봐야겠어. 타임머신이 실제로 있다면 말이지!"

시간 여행자는 서둘러 램프를 집어 들고 밖으로 나갔다. 문을 지나 복도로 가자 붉은 램프 불이 나풀거렸다. 우리 모두도 그 뒤를 따랐다. 흔들리는 불빛 아래 분명히 타임머신을 볼 수 있었다. 타임머신은 흉물스럽게 일그러진 모습이었다. 놋쇠와 흑단과 상아 그리고 번쩍이는 반투명 석영으로 만들어진 기계였다. 나는 손을 뻗어 난간을 만져 보았다. 단단한 촉감을 주었다. 갈색을 띤 얼룩과 기름때가 상아에 묻었고 아래쪽에는 풀과 이

끼가 들러붙어 있었다. 또 난간 하나는 휘어져 있었다. 시간 여행자는 램프를 의자에 내려놓고 휘어진 난간을 손으로 쓸어 내렸다.

"그래 맞았어. 내가 한 이야기는 모두 사실이었어. 추운데 끌고 나와 미안하이."

이 말과 함께 그는 램프를 들고 아무 말 없이 다시 흡연실로 되돌아 왔다.

시간 여행자는 홀까지 우리를 배웅해 주었다. 그리고 편집장이 외투 입는 것을 거들어 주었다. 의사는 시간 여행자의 얼굴을 바라보았다. 잠시 망설이더니 너무 과로해서 그렇다고 말했다. 이에 시간 여행자는 큰 소리를 내며 웃었다. 그는 문 앞에 서서 우리에게 조심해 가라고 소리쳤다.

나는 편집장과 같은 마차를 타게 되었다. 편집장은 그 이야기가 모두 새빨간 거짓말이라 여겼다. 그러나 나는 확신할 수가 없었다. 시간 여행자의 이야기 자체는 지나치게 환상적이고 믿기 어려운 것이었다. 하지만 너무나 진지했던 그의 태도로 보아서는 단순히 거짓말이라고 치부해 버릴 수 없었다. 그날 밤은 그 일에 대한 생각으로 잠이 오지 않았다. 날이 밝으면 다시 시간 여행자의 집으로 가서 그를 만나 보아야겠다고 다짐했다.

다음날, 그의 집으로 가니 실험실에 있다고 했다. 별 허물없이 지내는 사이였기에 곧바로 그쪽으로 갔다. 그렇지만 실험실에는 아무도 없었다. 잠시 타임머신을 바라보다가 손을 뻗어 레버를 만져 보았다. 그러자 웅크리고 있는 것 같았던 육중한 기계가 마치 바람에 흔들리는 나뭇가지처럼 흔들렸다. 흔들리는 기계를 본 나는 몹시 놀라고 말았다. 아무거나 함부로 만지지 말라고 주의를 듣던 어린 시절의 기억이 떠올랐다. 복도를 지나 응접실로 되돌아 왔다. 나는 흡연실에 있는 시간 여행자를 발견했다. 그는 마침 실험실로 가려던 참이었다. 한 손에는 작은 카메라, 또 다른 손에는 배낭이 들려 있었다. 나를 보자 씩 웃더니 물건들을 든 손 대신 팔꿈치를 내밀어 악수를 청했다.

"지금 내가 무척 바쁘거든. 저 기계 때문에 말이야."

"장난으로 지어낸 얘기 아닌가? 진짜 시간 여행을 했단 말인가?"

"그래. 모든 게 사실이고 진실이네."

그는 내 눈을 똑바로 바라보며 말했다. 그는 잠시 머뭇거리더니 방안을 두리번거리기 시작했다.

"30분만 기다려 주겠나? 자네가 왜 왔는지는 알고 있네. 찾아와 줘서 마침 잘 됐어. 여기 잡지가 있으니 좀 기다리게. 같이 점심을 하면서 모든 걸 증명해 보이지. 이번에는 표본을 가져와 확실하게 증명해 보일 테니 잠시 기다려 줄 수 있겠나?"

나는 흔쾌히 동의했다. 하지만 그때는 그 말이 의미하는 바를 잘 모르고 있었다. 그는 고개를 끄덕이더니 복도로 걸어 나갔다. 실험실 문이 닫히는 소리가 났다. 나는 의자에 앉아 신문을 집어 들었다. 점심 식사 때까지 무슨 일을 하겠다는 걸까?

그때 갑자기 출판업자 리처드슨과의 2시 약속이 생각났다. 시계를 보니 빠듯하게 약속 시간을 맞출 수 있을 것 같았다. 그래서 나는 시간 여행자에게 그 이야기를 하려고 자리에서 일어나 복도로 나갔다.

문고리를 잡고 문을 막 열려고 하는데, 안에서 탄성이 들렸다. 그리고 이상하게도 그 소리가 갑자기 끊기더니 무언가가 바닥에 부딪히는 소리가 들렸다. 내가 문을 열자 굉장한 바람이 내게 불어 닥쳤고, 안쪽에서 유리가 바닥에 떨어져 깨지는 소리가 났다. 그런데 실험실 안에는 시간 여행자가 보이지 않았다. 빠르게 회전하는 검은 놋쇠로 된 물체가 있었고, 그 위에 유령 같은 모습의 희미한 형상을 얼핏 본 듯했다. 그 형상은 투명했기 때문에 그 뒤에 놓인 의자나 의자 위에 놓여있는 설계도까지 자세히 볼 수 있었다. 그나마 그 모습은 내가 자세히 보기 위해 눈을 비비는 사이에 벌써 사라져 버리고 말았다. 타임머신은 사라져 버렸다. 먼지만이 가라앉고 있을 뿐, 타임머신이 있던 자리는 텅 비어 있었다. 천장으로 난 채광창 하나가 깨진 것 같았다.

나는 영문도 모른 채 놀라 서 있을 따름이었다. 무언가 이상한 일이 일어난 것은 분명한데, 그것이 무엇인지 도무지 알 수가 없었다. 그때 정원 쪽으로 난 문이 열리고 하인이 들어왔다. 우리는 서로를 쳐다보았다. 나는 정신을 차리고 그에게 물었다.

"주인 양반이 이쪽으로 나갔나?"

"아뇨. 아무도 이쪽으로 나가지 않았습니다. 저도 주인님을 뵈려고 들어오는 길인 걸요."

나는 그때서야 어찌 된 일이지 깨달을 수 있었다. 리처드슨과의 약속을 어기면서까지 나는 그곳에 머무르며 시간 여행자가 돌아오기를 기다렸다. 이번에는 더욱 신기한 이야기를 들려주리라 생각하며 그를 기다렸다. 또 여러 표본과 사진도 가져올 것이라는 기대도 품고 있었다.

그러나 지금은 평생을 기다려야 할지도 모른다는 생각이 서서히 들기 시작한다. 시간 여행자가 사라진지도 어느덧 3년이 지났다. 모두 알다시피 그는 두 번 다시 돌아오지 않고 있는 것이다.

| 에필로그 |

　　　　　　그는 결국 돌아올 것인가? 모두가 궁금해 하는 점이다. 과거로 타임머신을 몰고 간 그가 구석기 시대의 피를 빨아먹는 털북숭이 원시인들에게 희생당한 것인지도 모른다. 아니면 백악기 바다의 심연 속에 빠져 버렸을 수도 있다. 혹, 쥐라기의 거대한 공룡들과 함께 있는 것은 아닐까? 어쩌면 지금 ― 지금이라는 말을 써도 된다면 ― 플레시오사우루스가 가득한 산호초 위나 트라이아스기의 외딴 소금 호수 근처를 걷고 있을지도 모른다. 가까운 미래로 간 것일 수도 있다. 인류가 아직 인류로 남아 있지만 우리 시대의 모든 수수께끼나 어

려운 문제를 해결한 세상으로 가지 않았을까? 바로 그때가 인류의 전성기일 것이다. 불충분한 실험 내용과 단편적 이론, 그리고 그 둘 사이의 부조화가 가득한 지금을 인류의 전성기라고 볼 수는 없다. 물론 이것은 나 혼자만의 생각이다. 시간 여행자는 인류의 진보에 대해 어두운 전망을 했다. 타임머신을 만들기 훨씬 전에도 이 문제에 대해 그와 토론한 적이 있다. 문명의 발전이란 부질없이 쌓아놓은 것에 불과하며, 마침내는 문명을 세운 사람들 머리 위로 무너져 내리리란 것이 그의 이야기였다. 만일 그렇다면 우리 인류가 할 수 있는 일이라고는 그러한 사실을 외면하면서, 아닌 척하면서 살아가는 수밖에 없으리라.

그러나 내가 생각하기에 미래는 여전히 공란으로 남겨진 미지의 세계다. 미래는 시간 여행자가 들려준 이야기에는 모두 담길 수 없을 만큼 광대한 미지의 세계인 것이다. 옆에는 내게 위안을 주는 두 송이 꽃이 놓여 있다. 흰색의 특이한 꽃으로, 이미 시들어 갈색으로 변했고 완전히 납작해져 자칫하면 바스러질 상태다. 바로 이 꽃이 인류의 지적 능력과 육체적 힘이 사라진 뒤에도 감사하는 마음과 사랑하는 마음이 인류의 가슴에 여전히 남아 있을 것임을 보여주는 증거인 것이다. 🕰

〈끝〉